U0141268

額賀澪

跳槽的魔王大人

THE EXPERT OF CHANGING JOBS

北星圖書

目次

裝幀・目次・扉頁設計——川谷康久（川谷設計）
封面繪製——岡崎真里

序幕

本以為空無一人的辦公室裡，社長落合洋子已經來上班了。她每天帶進公司的白貓，正蜷縮成一團窩在來栖的桌子上。

「社長來得眞早。」

坐在辦公室最裡面那張寬大的桌子旁悠閒喝著咖啡的落合只是笑著說「你也挺早的」。看見她披在身上的粉櫻色長巾，才想起三月早已經來到。

「我們家今天來面試的姪女，就拜託你了。」

「不管是姪女還是誰，我都只會如往常對待。」

「別太欺負人家了，畢竟她好不容易才能打起精神尋找新的工作。」

來栖抱起桌上的白貓，從窗戶望向辦公室外頭。春天淺灰的陰天彷彿快要下起雨來。

西新宿的街上湧入大批人群，走向每個人各自的職場。從十二樓看過去，行人的身姿雖然渺小，但從人們的服裝與步伐，還是看得出三月之後日益溫煦的天氣。

「魔王啊，你有在聽嗎？」

對落合口中這不甚情願的綽號，來栖抗議道「請別這麼叫我」，然後坐回位子上。他翻開在昨天之前已經反覆確認多次的行事曆。

十一點寫著落合姪女的名字。

「……眞麻煩，事情怎麼會變成這樣。」

第一話

這種事請自己決定

二十六歲／女性／廣告代理商 業務 離職

未谷千晴

明明都已經三月，但從雨傘的縫隙間滴落的雨仍然跟砂紙一樣冰冷銳利。威靈頓框的眼鏡鏡片上，一粒雨滴緩緩地滑落。未谷千晴重新握好了傘柄。

或許是因爲這個月起陸續開放大學生的就職活動，從新宿站延伸出去的街道上，到處都能看到穿著求職套裝準備面試的學生。在西新宿這裡櫛比鱗次的大樓中，大概也都正在舉行公司的說明會吧。

四年前的千晴也是如此；穿上進入社會後就用不到的深黑色求職套裝，手拿著沒什麼收納能力的求職公事包，往返奔波於東京各處。曾經以爲，只要現在多努力，一定會贏來幸福的職場生活。

可沒想到成爲社會人士僅僅三年，就得參加轉職活動。

千晴駐足於目的地的大樓前，慢慢地深呼吸。她已經好久沒搭電車出門了，上一次跟家人、朋友以外的人說話，都已經是三個禮拜前的事，身體還沒做好與他人見面的準備。千晴想起昨晚母親說的話「如果覺得撐不下去就回來吧！」，很想就此轉身離開。

但一想到若就這樣迎接櫻花綻放、新生活正要開始的溫暖季節……若自己無法跟上季節的轉變，千晴感覺或許自己就再也回不去了。回不去社會、回不去公司、回不去能夠正常工作、正常賺錢的正常大人了。

身邊走過一群穿著求職套裝的學生，其中的男生剪了一頭神清氣爽的短髮，女生則紮緊了馬尾。千晴瞄了一眼那不畏風寒、態度堅毅的後頸，下定決心走進大樓中。大樓內有著挑高的寬敞大廳，電梯則有六座，其中一座正好到達一樓。

千晴搭上電梯來到十二樓。由於外面天色陰暗，電梯門打開的一瞬間，明亮的入口令千晴感到頗為刺眼。

〈牧羊人職涯〉

白光打在入口處的木製招牌上。招牌上的標誌設計得像是牧羊人所使用的手杖，不可思議地深深吸引著千晴的目光。

打開玻璃門後，前面是一個無人的櫃台。櫃台上擺著電話，一旁的資訊牌則寫著客人用的呼叫號碼。

辦公室飄散著一種彷彿新買的夾克般清新獨特的味道。雖然設計典雅的書架遮住了視線，還是能感覺到有人在書櫃後面。雖然安靜，卻有著溫度。那是正在工作的人所吐出的氣息。

千晴才剛拿起聽筒，遠處便傳來「千─晴─呀─！」的開心尖叫聲。

「我就知道依千晴的個性一定會提早五分鐘到。」

搶先春天一步披上粉櫻色長巾的落合洋子從書架後面現身。她燙著一頭飄逸的微波浪捲，從那身姿實在看不出來已經五十二歲了。

洋子是千晴的阿姨，而牧羊人職涯則是由洋子擔任社長的人才介紹公司，也就是所謂的轉職仲介。總公司在東京，大阪與福岡也有規模小了點的分公司。全部員工共一百二十人，創業至今已有二十年以上的歷史。

向去年年底開始停職，直到上個月終於辭掉工作的千晴說「要不要來我們公司找下一份工作？」的正是洋子。

「畢竟是我可愛的外甥女，我已經找了優秀的職涯顧問來幫妳啦。」

長巾隨著步伐飄揚，洋子領著千晴來到面談的小房間。這裡的空間寬敞，中間擺放著桌椅，並用隔板將每個小房間隔起來。以藍色爲主色調的裝潢不會給人閉塞感，四處也妝點著放進玻璃容器的綠色植物。

「職涯顧問就像是轉職活動中跟你一起參加兩人三腳的夥伴，如果有什麼想說的話，千萬不要客氣。」

或許因爲還在平日的中午前，面談區沒有千晴以外的求職者。當千晴坐到窗邊的位子後，洋子將長巾撩到後面並說道「要加油喔！」。

「洋子阿姨──！」

千晴急忙轉過身，抬頭看著洋子。

「謝謝妳，我會努力找到新工作的。」

自千晴停職後，洋子總會找時間來照顧她，將窩在家裡的千晴帶出門吃飯、逛街，或像這樣給了千晴一個找工作的契機。

「別擔心，我們家的CA（職涯顧問）一定會幫妳找到工作，妳就放一百二十個心吧。而且再怎麼說，這位可是人稱跳槽的魔王大人。」

千晴看著用拳頭輕打自己胸脯的洋子，表情一臉困惑。

「……魔王大人？」

「魔王大人」

洋子露出別有深意的笑容，指著千晴道「比起隱形眼鏡，還是這副眼鏡適合妳」，接著便走出面談區。

洋子穿著窄管長褲的背影離去，取而代之的是鞋子的腳跟踏在木紋地板上的聲響。伴隨著腳步聲而來的，還有喀搭、喀搭輕盈而有節奏，卻又單調的聲音，聽起來就像與腳步聲相互戲耍、跳舞一般。

從觀葉植物後方走出來的是一個男人。擦得光亮的皮靴以及鮮豔的深藍色西裝，還有胭脂色的領帶、金色的領帶夾，雖然這些都很引人注目，但最令人印象深刻的還是男人的右手。

男人拄著一支枴杖。

「妳是未谷小姐嗎？」

千晴終於看見他的臉，是個年輕的男性。年紀應該比千晴稍微年長些。他挺直背部，並有著一雙冷漠、嚴肅的眼睛。

正因如此，他拿在右手的木拐杖才看起來如此有異樣感。

「覺得腳不方便的人很稀奇嗎？」

他輕易看出千晴的心思。聲音聽起來既不像在生氣，也不像在難過，只有令人發寒的冰冷。

「對不起，我沒那個意思……。」

「第一次見面的人都會先看拐杖而不是我的臉，所以這點小事無所謂。」

又響起那喀搭的單調聲音。拐杖的握柄雕刻著如天然礦石般優美的花紋並反射燈光，看起來就像濕滑的生物所泛出的光芒。而他的左腳稍慢一步，就像要追上拐杖般笨拙地向前踏出。

「落合社長要我好好關照妳。我是妳的職涯顧問，我叫來栖。」

遞出來的名片上確實寫著來栖嵐，名字旁還有張大頭照。照片與真人完全相同，都露出了冰冷的眼神。

外面的風就像算好時機一樣瞬間增強，雨水用力拍打在面談區的窗戶上。在風雨交加的背景中，來栖請千晴入座。掛在來栖頸部的員工證上那個「嵐」（譯註：意思為暴風雨）字吸引了千晴的注意。

「未谷千晴小姐。前一份工作是廣告代理商，大學剛畢業就進入一之宮企劃。在行銷企劃部工作了約三年時間。從去年年底停職，並在上個月離職。」

坐到位子上的來栖手邊有份黑色的檔案夾，裡頭夾著千晴註冊牧羊人職涯時寄來的履歷表和職務經歷書。

「一之宮企劃是業界最大型的公司，應徵當時的競爭應該很激烈吧。」

「競爭率的確很高，但是我很幸運地被錄取了。」

簡直就像在唸講稿般回答得很生硬，不過來栖看起來毫不介意，繼續說下去。

「進入公司後分配行銷企劃部，負責向客戶進行廣告提案並製作專案、管理進度。我聽落合社長說辭職的理由是因為工作繁重而導致健康狀況惡化，看來名滿天下的一之宮企劃也很辛苦呢。」

廣告業界不論大公司還是中小企業，工作都極爲繁忙，名字裡冠上行銷的部門更不在話下。一之宮企劃雖是大型廣告代理商，有薪假的請假率卻很低，而且加班時間也很長，遵守法令的觀念頗爲低落。

來栖接著依據千晴的履歷確認每一項經歷，千晴只是不斷點頭而已。

「期望的業界與職種這欄是空白的，難道妳對下一份工作沒有任何期許嗎？」

看著履歷的來栖抬頭詢問。雖然不是在瞪人，但他的視線卻像一把銳利的長槍。

「畢竟我前一間公司做不滿三年就離職了，所以我也不奢求什麼。」

千晴下意識地握緊放在雙膝上的手。奢求——對自己這個剛進公司不滿三年就離開的人來說，到底什麼程度是奢求，什麼程度又是匹配自己的呢。是不是就連成爲正式員工這件事，都是不自量力的願望？

一位女性端著放有紙杯的托盤過來，說著「請用」並將熱咖啡放在千晴與來栖面前。這是個很年輕的女生，說不定是大學生正在打工。不知是否聽聞千晴是社長的外甥女，這名女性盯著千晴看了一會，然後說著「不好意思打擾了」並笑著離開。

「奢求，是嗎？」

喝了一口咖啡，來栖微微皺起眉頭，淺淺的皺紋透露出他的不悅。仔細一看，來栖的五官雖然端正，卻如同沒有生活感的房間般有著一種無機質的感覺。若處在乾淨的房間裡，即使只有一點點灰塵都能立刻發現；同樣的道理，絲毫的負面情緒在來栖臉上都格外顯眼。

「是的……而且我擔心停職期間太久會對之後造成不好的影響。」

「什麼工作內容都好，總之先把履歷的空窗期補起來。這就是未谷小姐的期許嗎？」

千晴被問得一時答不上話。將停職期間——沒工作只能啃老的時間減到最低，這是自己轉職的目的嗎。

所謂的工作本不該是種光輝燦爛、充滿熱情、令人雀躍不已的事物嗎？

千晴將咖啡含在口中。眼鏡的鏡片升起一層白色的霧氣。將溫熱的咖啡喝下肚後，便聽見耳朵深處的聲音說著「這也是迫不得已的啊」。

「是的。無論是什麼業界還是什麼公司都好，總之我想盡快工作。我想快點幫家裡減輕負擔，也想好好繳稅。」

「繳稅？」來栖稍微瞪大了眼睛，微微歪頭感到疑惑。

「同學們都在努力工作，要是我不工作也沒給家裡賺錢，稅金跟年金還讓父母幫忙繳，那不就是個糟糕的大人嗎？」

如果沒工作的時間經過了半年、一年……跟同齡的人之間差距會越來越大。若用雙六遊戲來比喻人生，那麼千晴就是那個不斷在最初的格子打轉的人。

有些人或許能夠忍受這樣的狀態。那是堅強的人，對自己有自信的人。但我做不到。

「這樣啊。」

來栖的反應頗為冷淡。他平常都是以這副態度做著職涯顧問的工作嗎？還是因為千晴是社長的外甥女，所以他才隨便打發呢？

「我了解未谷小姐的期望了。」

來栖闔上檔案夾。接下來宛如舞台的布幕升起，他開始用鏗鏘有力的聲音述說道。

「目前普遍認爲只有二十五歲前的人能去到沒有相關經驗的業界，三十五歲就是轉職的年齡極限了。順帶一提，現在還有些人認爲女性到了三十歲就是轉職的年齡極限。另外，轉職仲介的顧客是徵才的企業，我們職涯顧問的薪資來自徵才企業所支付的仲介費。換句話說，我們也可能看企業的臉色爲未谷小姐介紹徵才訊息。例如『雖然這個工作不符合這個求職者的期望，但企業想要人才，硬是湊給對方就對了』，或是『這個人的經歷絕對不會被期望的公司錄取，所以隨便介紹一間公司就好』。」

千晴呆愣了好幾秒，心情像是被甩了一個耳光。在腦裡仔細思索話中的含義後，嘴巴便不自覺地反駁起來。

「對我說這些話沒有關係嗎？什麼男女的轉職年齡極限，不管怎麼看都是性別歧視吧。」

「我也覺得男女之間的轉職年齡極限有差別很奇怪。說到底，在終身僱用制度徹底崩壞的社會裡竟然還存在『轉職年齡極限』這個詞，這件事本身就很詭異。」

他的臉上沒有一絲笑容。靠在桌邊的拐杖上那有如天然礦石般的握柄正緊緊注視著這裡。

「只要在網路上查詢跟轉職有關的話題，馬上就能查到轉職年齡極限之類的字眼，有關惡劣轉職仲介的故事也是隨處可見。與其之後再陷入不安，我先提醒妳不是更好嗎？不論求職者是男性還是女性、不論對方幾歲或之前什麼工作，我一開始都會把這些話講清楚，因爲轉職的第一步就是認清自己，以及自己的處境。」

我才不管妳是不是社長的外甥女。來栖的表情似乎這麼說著並微微一笑，那笑容就如枯葉從樹枝上落下般冷淡。
「畢竟未谷小姐前一份工作是著名的大公司，而且年齡上應該也有很多符合條件的企業。日後我會再寄信通知妳仲介的狀況，還請妳多方考慮。」
來栖伸手握住拐杖。用杖端敲出聲音並站起身後，保持著淺淺的微笑往下看著千晴。
「面談就到這裡結束。社長剛才說面談後想跟妳去吃午餐，我這就去叫她過來。」

聽完千晴這一連串面談過程的洋子咬下厚實的豬排然後大笑起來。
「我不就跟妳說是位魔王大人了嗎。」
洋子催促著千晴趁熱吃，千晴只好垂頭喪氣地咬一口炸豬排。不愧是洋子口中所說的極品，每咬下一口都能聽見麵衣酥脆清爽的聲音。
洋子帶著千晴從牧羊人職涯所在的大樓步行五分鐘來到這間炸豬排店。這間店似乎是熱門餐廳，千晴她們才剛進入店內，店外就開始排起人龍。
「嗯，我懂了，我知道爲什麼不是國王而是魔王了。我眞——的懂了。那個人的確不是什麼國王，是魔王……」
「沒錯吧？」
「老實說，好難相信那個人竟然可以當職涯顧問……他爲什麼要做這份工作呢……」
「是不是想放棄找工作了？」
洋子開心地指著千晴，彷彿她早就預料到事情會變成這樣。

「就是啊。魔王大人指的是這個意思？專門打擊求職者的魔王大人？」

「沒問題的，無論求職者多麼感到挫折，他還是能幫求職者拿到內定。企業那邊常告訴我『來栖介紹的人才絕對不會錯』，求職者也常常說『雖然一開始很想殺了他，但畢竟順利轉職了就放他一馬』。」

「他再怎麼能幹，正常人也不會被別人嚷嚷著說要殺掉他吧。」

「妳要相信洋子阿姨看人的眼光。他原本是幹練的貿易公司職員，是我把它挖角過來的。」

洋子指著千晴的盤子，示意她在冷掉之前快吃。才一眨眼的工夫，洋子已經將炸豬排吃乾淨了，千晴只能急忙把自己剩下的炸豬排塞進嘴裡。麵衣酥脆的聲響聽起來還是那麼悅耳。

洋子喝著溫茶、撐著臉頰，注視著默默咀嚼炸豬排的千晴。等到千晴掃光炸豬排跟附餐的高麗菜及馬鈴薯沙拉，洋子才緩緩地開口。

「下次一定能找到很棒的工作。」

洋子的語氣中滿是感慨。

「咦？」

「社會上不全都像前一間公司那樣惡劣，好公司還是很多的。來栖一定會幫妳介紹這些好公司。」

無論是考大學還是參加就職活動的時候，雖然有很多事都會向父母跟朋友商量過，但千晴最仰賴的還是洋子。既然洋子說就交給來栖，那麼自己也想相信他——話雖如此，想起來栖那張毫無笑容的臉，千晴立刻就退縮了。

我也不奢求什麼。

回想起說出這句話時來栖的表情。明明是剛畢業就進去的公司卻撐不了三年，怎麼還能說出「想去好公司」、「想要好薪水」、「想要有工作價值」、「私底下也想有充實生活」之類的話，而且就算眞的這麼說，職涯顧問也應該很困擾才是。沒想到來栖的反應卻是眉頭深鎖。

「我們公司叫作牧羊人職涯喲？而妳的姓氏是未谷（譯註：未音同羊），對吧？我們牧羊人一定會把迷途羔羊帶到更美好的未來。」

千晴想像來栖將牧羊人的手杖當成拐杖使用的模樣。擁有魔王這別名的他把羊群一隻隻趕進羊圈裡，而羊群就這樣作爲成吉思汗烤肉的肉品出貨到各地。

「……我努力看看。」

哎，明明剛才說的是「我會努力的」。本想改口，洋子卻笑著說「沒錯，妳就努力吧！」，然後再向店員點了一杯溫熱的茶。

千晴與回公司上班的洋子道別，原本想說難得來到新宿就買些東西回家，但還在想要去哪裡時，便已通過車站的剪票口。

身體隨著回到練馬的電車搖擺，千晴在車上用手機查詢有關轉職仲介的資訊。跟來栖說的一樣，轉職年齡極限或男女之間的差異等情況確實存在。

除此之外還有些仲介會因爲遲遲拿不到內定而變得馬虎，爲了提升自己的業績而向求職者隨便介紹條件差的徵才企業。也有人寫道若拿不出氣魄來好好利用仲介，那可能去不了自己想要的公司。

但千晴覺得想要利用那個男人，可能根本就辦不到。

◇　◇　◇

「廣告宣傳部？妳要又做廣告的工作嗎？」

母親立刻露出愁眉苦臉的表情，一副要哭出來的樣子。正用菜刀切雞腿肉的千晴趕忙搖頭說不。

「不是做廣告的公司，是服裝公司的廣告部門。這個部門做的是公司產品的廣告。」

千晴將母親最近熱衷的香草鹽撒到雞腿上，並針對第一志願的企業誠懇仔細地說明。在旁邊燉煮竹筍的母親則一臉不安地聽她說話。

在牧羊人職涯面談後，來栖嵐隨即就用電子郵件傳來徵才訊息。跟面對面的時候不同，文章的用詞遣字彬彬有禮，從這封郵件中難以想到那張魔王大人的面龐。

他最推薦的是大型服裝公司的廣告宣傳部。

「媽媽也知道吉福斯設計吧？」

結婚前母親曾在百貨公司的服飾專櫃工作，現在也在附近購物中心裡的服裝店打工。

「吉福斯我知道。最近剛創立針對年輕人的品牌對吧？」

「沒錯，就是那間吉福斯。」

爲了強化這個幾年前創立的年輕時尚品牌，廣告宣傳部需要年輕女性加入爲品牌注入新血。如果有廣告業界相關經驗更好。徵才訊息上沒標出來的內情，郵件上也寫得一清二楚。

「聽說公司裡女性很多，還有很多人是一邊帶小孩一邊工作的。而且薪水跟之前沒什麼差別，工作地點也在赤坂而已，可以從家裡去上班。」

「這樣很不錯呢，那就選吉福斯吧。」

「我可不一定會被錄取喔。」

條件好的企業自然也有很多應徵者，有時候會先在仲介公司內進行選考。來栖似乎已預料到這點，郵件上也寫著「以未谷小姐的經歷一定能通過公司內的選考」。

「吉福斯這麼好的公司，相信爸爸也不會反對的。」

母親手腳輕快地蓋上鍋蓋，接著打開手機查看訊息。「爸爸說他抵達車站了」聽到母親這麼一說，千晴立刻將雞腿肉放進淋上油的平底鍋中。雞皮發出煎烤的滋滋聲。等父親回來，就把應徵吉福斯設計的事情告訴他吧。

千晴取得一之宮企劃的內定時，父母都開心得不得了。女兒能在著名的廣告代理商工作，他們的心中滿是驕傲。可剛進了公司，千晴天天都搭末班車回家，週六日上班也變得理所當然。起初父親還對擔心千晴工作是不是太過繁重的母親說「新人都是這樣的」，然而兩年後也不得不操心起來，對女兒的上班狀況感到訝異。

「妳要是再去工作，就沒人幫我做料理了。這兩個月我樂得輕鬆呢。」

雖然嘴巴上這麼說，但對這個獨生女什麼時候才能找到工作，父母應該也是整天坐立難安。畢竟兩個人從千晴還是高中生時就早早催促著她「選大學時也要確認就業率」，或是「從一年級開始就該爲了就職活動努力」。

「妳一開始調味調得亂七八糟的，光是補救我就累壞了。還以為妳這孩子是味覺白痴呢。」

「都幫忙兩個月了，調味早就記起來啦。」

幾分鐘後，父親果真如他所說回到家中。千晴一邊與父親吃飯，一邊談論轉職活動的事。說到要去服裝公司的廣告宣傳部，「那挺好的呀」父親笑著回應。母親則斜瞪了父親一眼然後聳聳肩說「眞希望下一間公司是良心企業」。

千晴幫忙收拾碗盤後洗了澡，接著回到房內撰寫要交給吉福斯設計的職務經歷書。參考來栖寄來的範本，用筆電打上在一之宮企劃工作時的實際成果以及自己的優勢。

〈曾在廣告代理商爲外部企業規劃專案的經驗，能成爲廣告宣傳部的即戰力。請不要謙虛，好好表現自己。在對方看來，未谷小姐的經歷相當有吸引力，請重點展現這個優勢。〉

來栖的郵件裡寫著這樣的建議。考量到對方想爲年輕品牌投入心力，於是千晴在職務經歷書中突出自己曾以年輕人爲目標所推出的各種企劃。

起用受高中生歡迎的偶像團體所製作的零食電視廣告。

將長銷的運動飲料包裝成更具年輕風格的形象。

由西裝品牌與化妝品公司聯名推出、針對女大學生的徵才活動。

澀谷去年年底剛蓋好的商業設施所成立的品牌管理團隊自己也有份參與，這件事該寫上去嗎？畢竟自己在途中就因爲搞壞身體而退出，沒能做到最後，這說不定會給對方留下不好的印象。

千晴發現自己置於鍵盤上的手掌滿是手汗，但指尖卻異常冰冷。明明房裡開著暖氣，手腳末端卻在發冷。

她走出房間，在廚房泡了一杯柚子茶並倒進滿滿的蜂蜜，再拿著馬克杯回到房間。手依然冰冷。不管喝了多少柚子茶，怎麼樣也都沒辦法溫暖起來。

去廚房這段時間手機收到訊息，是在一之宮企劃時同期進入公司的女生發來的。雖說停職後偶有聯絡，不過這一個月彼此也沒有互傳訊息。

看著訊息內容，千晴輕輕倒吸一口氣。

〈四月開始要調到行銷企劃部了，而且是第一〉

第一行銷企劃部，千晴曾經工作的部門。已經三月了，這個時期就算發布四月的調動命令也不奇怪。

〈大概是要塡補千晴的空缺吧，但明明還在調動前就已經把工作丟給我了，眞沒人性啊〉

新人研修時千晴跟她都希望加入行銷企劃部，不過分配到那裡的只有千晴，她則是分配到數位市場行銷部。

千晴離職後，機會讓給了她吧。

〈眞抱歉感覺像是幫我擦屁股。現在有大案子在進行，可能會很辛苦〉

要小心竹原部長。千晴本來要打上這句話，但想到這或許太雞婆了，手指又停了下來。或許只是我做不到，說不定她能處理得很好。在調動前就先入爲主地灌輸對方負面印象，在對方看來可能很令人生厭。

還在猶豫時，對方就回傳訊息了。

〈總之我先努力看看。我有什麼事會叫妳陪我聊聊。之後再一起去吃飯吧〉

對方傳了貼圖，而千晴也用貼圖回應，手機響起輕快的效果音。

哎，糟糕了，今天晚上還睡得著嗎。千晴鑽進被窩裡。完了完了，怎麼辦怎麼辦。腦袋越來越清醒，停職前發生的事一件一件從記憶深處被喚醒，將千晴拖拽進過往的景象中。

行銷企劃部是最炙手可熱的部門。部門中的業務會向客戶進行廣告提案，並管控企劃進度。在公司說明會上，也曾經提及這裡是一之宮企劃的關鍵部門；雖然工作繁忙，卻能體會工作的價值。他們，是這麼說的。

而在行銷企劃部中，尤以職責繁重的第一行銷企劃部特別有名。管理這第一行銷企劃部的部長，是一個名為竹原的五十多歲男性。

那年與千晴一同分配到第一行銷企劃部的人有五個。竹原對著第一天到這裡的千晴等人說「你們從今天起就是士兵了」。他只在一開始露出笑容，然後就帶著彷彿要跟人互毆的凶狠神情向新進員工宣揚自己的主張。

「新人都不過是累贅，給我拚死命工作。二十四小時工作。一旦抓到工作機會就死也別給我放手，就算被殺也別放手。」

這男人嘴裡吐出的字句令人膽寒，感覺臉頰有種被賞巴掌的刺痛感。但不可思議的是，對於剛結束三個月研修的千晴而言，這更像是一場鼓舞人心的感動演講。

「趕快擺脫累贅的身分，成為公司需要的人才。有人需要你就全力以赴，盡心工作，藉此提升自己的價值。聽懂了嗎？」

千晴感覺受到了激勵，似乎只要乘上這股上升氣流，自己就能變成美好的社會人士。她曾這麼認爲。

負責指導千晴的前輩是一名叫作佐佐木的三十多歲女性員工。她平時總是快步走在辦公室裡或街上，而千晴不過視線離開幾秒，回頭就會看到她正在打電話給客戶約定見面時間，工作可說忙碌不已。這點跟洋子阿姨有點像，看起來相當帥氣。

千晴試圖模仿她的工作方式，而不知不覺間佐佐木本人也開始仰賴千晴的能力。「未谷小姐貼心又敏銳，不論做什麼都能提早一步，眞的幫了我大忙了」只是這樣一句稱讚，千晴就開心地像要飛上天了。她現在都還記得那份心情。

佐佐木突然結婚而離職是在那半年後的事。

「我想是時候離開了。」

她只說了這句話便離開公司。這所謂的「時候」，究竟指的是「三十六歲單身的自己」，還是「十四年來拚命工作的自己」，千晴至今也未能知曉。

知道部下因結婚而離職後，竹原大嘆一聲「所以女人才討人厭啊」。正是這竹原接過佐佐木的空缺，暫時成了千晴的直屬上司。

「小羊啊，你有男朋友嗎？饒了我吧，別像佐佐木那樣接著離職啊。」

他稱呼千晴爲小羊。與其說是帶著親暱，不如說只是覺得「未谷（HITSUJITANI）」要發五個音很麻煩才這麼叫她。

「聽好了，女人結婚後，之前的工作經歷就沒用了，要是還生小孩更是沒救。想跟男人交往最好先想清楚。」

我是怎麼回答露出獰笑挖苦自己的竹原呢？「不不，我沒有男朋友啦」一定是像這樣傻笑著回答他吧。

一同面見客戶、行程管理與報表製作、飲酒會的籌備、出差預約房間及餐廳，千晴什麼都做過。竹原手上的企劃只要開始進行，進度管理就會變成千晴的工作，有時候假日還會被叫去陪客戶打高爾夫球。

竹原是典型的那種重視上下關係和精神力的人，奇妙的是與他性格相似的客戶也不少。只要辦了飲酒會，所有人都會化身成大酒豪，千晴有時會被勸酒到連水都喝不了，於是回家的時間越來越晚，住在公司的日子也越來越多。差不多就是從這個時候，父母開始對晚歸的千晴感到詫異與不解。

原本竹原只是暫時代替佐佐木，最後卻幾乎將千晴當成竹原自己的專屬秘書。大概也是在這時期，部裡的所有人都選擇接受這樣的狀態，默不作聲。

也曾有一次，如感冒般的身體狀況持續了數個月。總感覺有些發燒，喉嚨與頭也不斷發疼，每天早上都會被母親說「臉色怎麼這麼差」。然而竹原只是擺擺手，叫千晴別傳染給他。

雖然佐佐木小姐曾說「被行程跟預算追著跑就是我們的工作」，但現在還多加了一項「竹原的心情」。他心情好，就能順利結束那天的工作，可倘若他心情不好，那麼一點小事都會被罵得狗血淋頭。

「喂，小羊。」

千晴的身體早已養成竹原這麼一叫就立刻飛奔過去的習慣，無論手上的工作再怎麼要緊，也不管手上是否拿著東西。

之前曾跟客戶在通電話時被叫喚，千晴等講完電話才趕去，結果卻被竹原拿他手上的文件砸到臉上。這時千晴才領悟，不可能期待這個人能夠合理地對待部屬。

在那之後，每次呼叫千晴他都會「一、二、三……」計時，如果過了五秒他就會怒吼「羊肉都比妳有用」。

「好過分。」

有些同事會這麼說，但沒人當場出聲制止。某些人一邊說著「好過分」，卻又接著嘆息說道「但那個人如果不吼小羊又不會善罷甘休」；某些人會拍拍千晴的肩膀說「不要太勉強喔」，但隨即把工作推給千晴處理「小羊很會寫企劃書，那可以幫我寫這個嗎？」

眞的很擔心她，眞心想要幫忙她的人，千晴認爲應該一個人也沒有。

一開始還想說小羊這個綽號聽起來很親密，千晴很高興跟大家打好了關係——但不知什麼時候起，感覺自己似乎眞的成了家畜。

那天也是如此。

「喂，小羊，來一下。」

被叫到的千晴把手上的馬克杯丟到一旁。杯子倒下，咖啡浸濕剛列印好的企劃書，隔壁座位的員工只是嘆了一口氣。

「我馬上去！」

千晴才剛開口，卻感覺本來平坦的地面如同急坡一樣陡峭。走出沒幾步，又漸漸覺得腳邊扭曲歪斜，如同行走在泥濘上極為費力，於是千晴跌了一跤，倒在了地板上。腳似乎絆倒某人的垃圾桶，額頭則撞到某人的桌腳。

抬起頭，地板上落下一滴紅點。是血。以為是鼻血而擦了嘴角，才發現是額頭擦傷所流出的血。

「小羊，可不可以快一點？」

竹原喊道。「快一點」的語尾往上飆的口氣，正是他不開心的證據。

千晴用手壓住額頭，快步走去，然而腳步卻踉踉蹌蹌。千晴分不清究竟是在上坡還是下坡，是往前走還是往後走。

「妳到底在幹嘛？」

竹原將千晴熬夜趕出的企劃書塞回她的手裡，怒聲道「這是什麼爛企劃！」

眼前的景象翻轉一圈，千晴直接向後倒在了地上。從冰冷堅硬的地板傳來遠方某人沉重的腳步聲。

竹原的聲音還在回響。不是擔心千晴的聲音。他的語氣彷彿在說，不要因為這種小事浪費我的時間。

——喂，小羊！

迴盪腦內的聲音嚇醒了千晴。

「好的！我現在就去！」

睡意全無的千晴從床上跳起。就在這時，放在旁邊櫃子上的鬧鐘也開始發出刺耳的聲音。

是夢。全部都是夢。千晴深深吐出一口氣，手掌用力拍下旁邊的鬧鐘，然而餘音仍迴響在房內，久久不去。

她抱著頭蜷縮在床上。若這惡夢再長一秒，或許就會像個孩子般抽泣起來。

◇　◇　◇

「未谷小姐在學生時期爲什麼想進入廣告業界呢？」

低沉的聲音響徹狹窄的房間。千晴從鼻子吸氣，再慢慢地從嘴巴吐氣。

「我認爲廣告業界的角色，就是通過廣告傳達各種商品與服務的好處，爲許多人帶來更豐富多彩的生活。我被這點深深地吸引，所以才希望進入廣告業界。」

還記得當年面試時也是這樣說的。就在大約四年前，穿上求職套裝的未谷千晴在一之宮企劃的人事部面前，也是這麼述說她的應徵理由。

「爲什麼當初選擇應徵一之宮企劃呢？」

「因爲一之宮企劃是業界最大的公司，來往的客戶類型以及數量也多不勝數。在那裡工作，我能夠接觸各式各樣的業界與形形色色的商品，並將它們的優點傳達給大眾知道。行銷企劃部是公司內的關鍵部門，而我從學生時期開始便積極參加研討會及課外活動，並時常負責彙整大家的意見。我相信以上這些經驗與我的專長能夠活用在行銷企劃部的工作中，所以選擇一之宮企劃。」

眞的是如此嗎？還在當學生時，從沒想過什麼「我一定要去廣告業界」，事實上現在也正在應徵其他業界的工作。當初只是因爲在取得內定的幾家公司中，一之宮企劃是最大的公司，所以才在內定承諾書上簽了名。

「在吉福斯的工作是廣泛地宣傳我們公司商品的好處，沒辦法像一之宮企劃那樣製作各種商品或服務的廣告。卽使這樣也沒關係嗎？」

「是的，由於家母曾是服裝店的銷售員，我從孩提時期就很熟悉吉福斯這個名字，而這幾年貴公司以年輕人爲目標積極推展的品牌，也常常是我購買衣服的首選。我在一之宮企劃時也曾制定主打年輕人的品牌推廣戰略，一定能爲貴公司做出貢獻。」

是因爲想去大企業嗎？不對。一半不對。的確，一之宮企劃是一間人人稱讚的大公司，但更重要的，大概，一定，是因爲我想被人需要。

我希望有人可以對我說，我們公司需要妳。所以我努力參加就職活動。只要得到大企業的內定，光是這樣就感覺自己被人需要。這就像自己這個人，被別人加上一張保證書一樣。

「面試就到這裡結束。我們會在日後透過牧羊人職涯轉告妳面試結果。」

面對面試官冷淡的語氣，千晴只是深深地低下頭。眼前的桌面隱隱映照出自己的臉龐。而在桌面的一端，靠著一根如同天然礦石般露出詭異光澤的拐杖。

「好的，非常謝謝您。」

千晴站起來，最後再一次深深鞠躬，然後離開房間。在來到走廊的瞬間，千晴嘆了一口氣，然後就呆站在原地。

「……結果沒有人需要我。」

曾以爲自己是被需要的。就因爲需要我，所以才這麼忙碌。就因爲需要我，對我有所期待，上司才會對自己這麼嚴苛。不被需要的人，喜悅與難過都是不會到來的。

從自己剛走出的房間傳來「請進」的聲音，千晴轉身再次打開房門。

「如果是參加就職活動的學生，那樣肯定能拿到滿分。」

門都還沒關起來，來栖就挖苦自己。看樣子模擬面試似乎令他不甚滿意，畢竟千晴自己也覺得不太有力。

「首先，沒有具體性。如果是沒有社會經驗的學生也就罷了，在中途錄取的面試中，如何強調前一份工作的成績才是關鍵所在。多仔細描述之前的工作內容，我想對方也才會覺得聽起來更有價值。」

來栖在暗示的是「妳的回應很無趣」，這令千晴感到灰心。跟面談區不一樣，這間模擬面試用的小房間沒有窗戶，氣氛頗爲沉悶。

「對不起，我沒有自信能笑著說話。」

起用受高中生歡迎的偶像團體所製作的零食電視廣告——在爲經紀公司跟影像製作公司的行程安排忙得不可開交之時，竹原對千晴說「在處理完之前不准給我回家」。剛好那時她也被交待準備第一行銷企劃部慣例的夏季烤肉大會，結果她整整三天都沒回家。

將長銷的運動飲料包裝成更具年輕風格的形象——在完成包裝設計後，飲料公司突然要求重新設計，於是負責此案件的著名設計師就鬧彆扭了。竹原輕戳千晴的背並說道「不管要下跪還是怎樣都可以，讓設計師把它修改到好。在設計師願意修改前妳就不要回來了」然後把千晴趕出辦公室。

由西裝品牌與化妝品公司聯名推出、針對女大學生的徵才活動——最初預定要合作的西裝品牌負責人對徵才活動興趣缺缺，因此向竹原提議更換成其他的公司，這導致千晴被竹原飆罵「是因爲那間公司所以大學才願意合作的，接下來的事妳自己看著辦」。最後是找到擁有同等知名度的西裝品牌願意合作，事情才有了進展。

「這些的確都是我經手的工作，也是由我管理進度的。」

要說自己做過這些企劃是可以的，但是要抬頭挺胸、充滿自信地說「這是我前一份工作的成果」，無論如何都做不到。當初那麼努力，忍住在自己床上安穩睡上一覺的衝動，推掉跟同事休息時去吃午餐、下班時去喝一杯的邀約，甚至被怒罵也在所不辭，當初都已經做到這地步了，但還是無法說出口。

「只是過程中眞的發生很多問題，我沒辦法誇耀自己做過的事。」

不論累積多少工作成果，都無法對自己的工作感到自豪。眞奇怪。當初取得一之宮企劃的內定時，我想像的是更光輝燦爛的工作生活才是啊。

千晴認爲自己已經盡力講了難以說出口的事，然而來栖卻沒什麼反應，只簡短回了一句「這樣啊」，便伸手拿取模擬面試中一直放在他旁邊的錄影機。爲了客觀審視面試的情形，千晴的應答都被錄了下來。

「妳的意思是，妳沒辦法喜歡上自己曾做過的工作，是嗎？」

來栖將錄影機接上電腦，然後把螢幕轉到千晴的方向。

「未谷小姐的確是露出了這種表情呢。」

影片裡的自己比想像中的更糟糕。畫面上的未谷千晴就跟在一之宮企劃工作時沒什麼兩樣，爲了討別人的歡心、爲了讓別人覺得自己有用、爲了讓別人需要她，死命地說著話。然而說起話來吞吞吐吐，甚至痛苦地用嘴巴呼吸。那姿態像是在泥巴中游泳般不忍卒睹，千晴別過臉去。

「未谷小姐，第一次面談時妳說妳不奢求什麼，任何業界、任何公司都好，總之想要工作。這是妳眞正的想法嗎？」

旣沒有特別想完成的事，也沒有什麼比別人突出的專長。小時候母親就曾苦笑著說「妳啊，什麼事情都會，但沒一個做到精的」。學校成績是還不錯，但千晴也算聰敏地發現，那種事出了社會後也幫不了什麼忙。

所以，至少，希望別人需要我。

「是我的眞心話。我想在需要我的地方工作。」

未谷是我們之中最能幹的，所以竹原部長才會那麼仰賴妳，對妳抱有期待。

千晴也曾將同事這句話放在心裡，支持著自己繼續努力；竹原心情好的時候，也偶爾會稱讚千晴「雖然新人還是派不上用場，不過妳還算好一點」，這也讓千晴感到欣喜。

可是當千晴去年年底在公司暈倒時——被醫院診斷爲過勞，住院一星期時，竹原一次也沒來探望過她。何止如此，竹原還不斷寄信來詢問正在進行的企劃狀況。跟平時高壓的態度截然不同，文字看起來客套單調。

原來如此。根本，就沒有人需要我。我不過就是個方便爲自己辦事、方便讓自己遷怒、方便讓人擺架子踐踏的渺小人類罷了。

察覺這點後卽使出院了，也無法再踏出家門了。就這樣迎來新的一年，元旦假期之後也沒能去上班，最後寫了離職信。

千晴茫然地看著膝上的雙手，然而一陣笑聲卻追擊了千晴的髮旋。像是嘲弄般、憐憫般、嘶啞的笑聲。笑聲撞到髮旋後破碎，落到千晴的手背上。

這人，聽完這些事，居然笑了？

「想在需要自己的地方工作？妳就是像這樣將自我價值委由他人的價值觀來決定，才會被黑心企業隨意使喚，最後壞掉、被丟掉。至少自己的價值，該用自己的價值觀來衡量吧？」

來栖笑個不停。揚起嘴角、抖著肩膀地發笑。第一次看到這個人笑成這樣。魔王卽使在笑，也總有種狂妄的感覺，像是在評定、估量著千晴。

「簡單講，妳不是想在吉福斯工作，只是因爲吉福斯是我介紹的徵才企業中最大的公司，條件最好的公司。因爲我說『在對方看來未谷小姐的經歷相當有吸引力』。然後大概就是父母跟阿姨有說過『是間很棒的公司呢，做得很好』，是嗎？只是因爲輕鬆通過履歷的選考，所以才想去吉福斯。沒錯吧？」

沒錯，就是這樣。

「妳根本不在意跳槽的公司黑不黑心。現在的妳不管去到哪，遲早都會面臨相同的處境。只要有人需要妳，未谷小姐就會像一隻家畜般殷勤工作，不假思索地接受對方給予的價值觀，工作到死也在所不惜。若幸運地沒壞掉還能做到退休，那已經是人生最大的幸福了吧。」

魔王笑著吐出這些令人臉色發青、背脊發涼的恐怖字句。妳一輩子就只能這樣。去那裡都只能這樣。他開心地重複一遍又一遍。

就算幸運被吉福斯設計錄取，我也只能一直這樣工作下去嗎？這份工作很有價值，因爲在公司裡工作感到有價值並努力就是「正確」的事。我一生只能爲了被誰所需要、爲了不讓人失望、爲了某個人而奔波忙碌嗎？

「未谷小姐，妳爲什麼會變成這個樣子？」

「我才想問呢。」

口中忽然有種奇妙的感覺，像是迸發出火花。

「我沒有特別的專長，也沒有不同於其他人的特殊經驗。雙親沒有特別嚴厲，也沒在學生時期遇過什麼討厭的事。我只是正常地活著，正常地想成爲一個社會人士而已。但，我失敗了。」

回想起來，究竟是從什麼時候開始，沒辦法再想像自己有著光明的未來？還記得取得一之宮企劃的內定的那一天，好不容易才忍住想跑上街的衝動，只是腳步輕盈地回到家中。心情愉悅至極，彷彿背上生了對翅膀。

出了社會，羽毛一根一根地掉落，即使如此仍假裝自己正飛在天空中，直到不知不覺間墜落於地。身旁的人們很正常地走上階梯，自己卻從階梯上摔落回到起點——不，而是沉沒到更深、更深的地方。

「妳覺得妳的人生，這樣就夠了嗎？」

把臉撐在桌子上的來栖凝視著千晴。他的視線絲毫沒有游移。略帶藍色的黑色瞳孔緊緊抓著千晴不放。

啪搭，某個東西掉到左手上。一滴小水滴從手背滑落。自己的臉頰上劃下了一道淚痕。眼淚沒有再流出，就一滴。就只有那一滴。

「請問……」

用手指擦過臉頰後，千晴終於開口。沙啞的聲音如同小狗呼喚著飼主般。

「我該怎麼辦才好？」

千晴心想，我問錯人了。明明有父親、母親、洋子阿姨等等那麼多人可以傾訴苦惱，卻偏偏選了這個人。這個有女性在面前掉淚卻無動於衷的男人。

「妳已經是大人了，這種事請自己決定。」

妳看，他就是會說這種沒心沒肺的話。

「……我想也是。」

雖然很不甘心，可是他說的對。若不自己做決定，那就只是把一之宮企劃、第一行銷企劃部的竹原，換成眼前這位跳槽的魔王大人。

「對不起。」

千晴吸了一下鼻子，然後深呼吸。緩緩地調整氣息後，喉嚨發出的聲音也不再沙啞。

「我沒有對自己人生的明確想像，不知道想在什麼公司做著什麼樣的工作。以這種狀態去面試實在太沒有誠意了，請容我辭退吉福斯設計的選考。」

千晴用盡全力，才總算把話說完。來栖立刻點頭回答「我知道了」，帶著一副處理完工作的表情用拐杖站起身。

「或許需要花費很長的時間，但如果未谷小姐眞的懂了自己從今以後想做什麼工作，那我會向妳介紹符合條件的企業，也一定幫妳取得內定。那麼就請妳盡量努力吧！」

他是想要激勵我嗎，難道就不能把話講好聽一點呢。對著一言不發走出房間的來栖，千晴在心底暗暗咒罵了一頓。

◇　◇　◇

「妳辭退選考，姐姐她們沒有生氣嗎？」

跟嚴肅的話題相比，從廚房拿來陶鍋的洋子卻是滿臉笑容。她將陶鍋放在矮桌的IH爐上，然後打開電源。

「就是說啊……」

千晴坐進大號的懶人椅中，仰望著天花板。在視野的角落能看見巨大的褐色貓跳台，還有一隻居高臨下盯著千晴的白貓。

「停職後明明那麼擔心我也沒生氣過，這次卻當面狠狠唸了我一番。」

這是當然的，畢竟辭退了大型服裝公司的選考，而且原本頗有機會錄取的，再加上千晴又宣布自己要暫停轉職活動，父母會生氣也是理所當然。昨天千晴還爲此與母親發生口角，察覺事態的洋子這才邀請千晴來吃晚飯。

鍋裡像千層派一樣疊上好幾層春季高麗菜與豬肉切片，並隨著燉煮漸漸響起冒泡聲。聞到食物的味道，白貓從貓跳台上一躍而下。

「珍珠，你有自己的脆脆呀！」

洋子向牠搭話，白貓便識相地回到貓跳台上。洋子在這2LDK的公寓裡和這隻叫做珍珠的白貓一起生活。就怕牠白天自己在家很孤單，所以每天早上都會帶珍珠去上班。據說牠在牧羊人職涯是深受客人歡迎的活招牌。是一隻從耳尖到尾巴都散發嬌貴氣息的美麗母貓。

「珍珠還是那麼懂事。明明是我撿到的，卻完全不親我。」

「畢竟這孩子個性很酷嘛。」

千晴是在就職活動那段期間撿到珍珠的。她發現大學校區的角落有五隻貓被遺棄在那。後來只有珍珠沒能找到領養的人，正在困擾時，最後是洋子將珍珠帶了回去。因爲白色的毛跟顏色很淺的眼珠看起來就像漂浮在椰奶裡的珍珠，所以千晴把牠取名叫珍珠。

「差不多可以吃了。高麗菜煮得那麼柔軟，看起來好好吃。」

洋子將高麗菜和豬肉夾進小盤子裡，放到千晴的面前。金黃色的澄澈湯汁散發出醬油與柴魚高湯的香氣。

「這罐給妳。喝點啤酒、吃頓好飯，光是這樣就能暫時消去大多數的煩惱呢。」

千晴打開遞來的啤酒，跟洋子乾杯，一口氣喝了半罐。啤酒狂野的入喉感似乎也一併將滯留在喉嚨裡的某種東西徹底沖刷乾淨。

「也靠這啤酒忘記憂愁啦，那麼千晴，接下來妳要做什麼呢？」

拋開煩惱的時間眞的只有一瞬間。說不定母親私底下跟洋子說了些什麼，要她給千晴一些建議。

「總之，就先打工吧。大學時也只在補習班當老師打過工而已。這次我想嘗試一些從來沒做過的工作。」

那份補習班老師的打工，原本也是高中時的補習班老師拜託她「現在人手不夠，可不可以來幫幫我？」才去試試看的。爲迎合別人的需要，不知不覺便開始負責人員的排班或新人的指導等工作。

「那時候一定不是因爲我很値得信賴，只是因爲我不會拒絕才來拜託我的。」

卽使千晴突然開口，洋子也什麼也沒說。一邊咀嚼著高麗菜跟豬肉，一邊喝著啤酒，然後偶爾看向珍珠。

「過去只是拚命回應別人的依賴，別人的需求，結果從來沒考慮到自己眞正的想做的事就活過來了。我已經是大人了，這些事也差不多該自己思考了。」

「哈哈哈，感覺受來栖的影響很深喔。」

千晴回想起毫不留情說出「這種事請自己決定」的來栖，不禁呻吟起來。她不太情願地點了點頭。

「妳決定辭退吉福斯的那天晚上，來栖直接來向我道歉了。他說，我眼睜睜地看著妳外甥女放棄到大企業重新就業的機會，甚至推了她一把。」

啊啊討厭啦，爲什麼，他就只能這樣說話呢。我當然很清楚自己錯失了一個大好機會。即便如此，我仍然相信放手會變得更幸福。我明明就相信這點了。

「但他又說，『今後那個人的人生應該會過得好一點吧！』」

千晴完全能想像站在洋子面前的來栖輕輕揚起嘴角的模樣，那種像是憐憫千晴的，假惺惺的微笑。

或許是一副苦瓜臉的外甥女看起來特別有趣，洋子大笑著打開第二罐啤酒。

「吶，千晴！阿姨想到一個好主意。」

將懶人椅當成枕頭正開始打瞌睡的洋子突然叫出聲來，已經是千晴在廚房清洗陶鍋的時候。

◇　◇　◇

原先滿是求職學生們的街道，進入四月後則四處都能見到新進員工的身姿。

我到底看起來像是什麼身分呢。千晴一邊想著這個問題，一邊從新宿站下車，並往都廳方向走去。在種植有行道樹的寬闊人行道上往來交錯的人們，不論年齡還是散發的氣質都有各式各樣的類型。有人緩步走著，有人急匆匆地快步走過。有人笑，也有人神情嚴肅，當然也有人面無表情；其他還有聽音樂的人，啜飲著冰咖啡走路的人……什麼人都有。

前方的行人號誌開始閃爍，跟千晴同一側有人開始跑起來，千晴也隨著人流跟上去。斑馬線中的白線反射春日的陽光，相當刺眼。

來到目的地的大樓前，千晴用雙手揉捏自己的臉頰，並把嘴角抬起來。玻璃大樓映照著天空的顏色，後方則是一片綿延至遠方的寬廣藍天。就連白雲都稍微染上藍色。

「加油、加油、加油。」

千晴對著自己不斷點頭，然後再次踏出步伐走進大樓裡。挑高的大廳。其中一座電梯剛好來到一樓。上去十二樓。電梯內的鏡子照出灰色西裝的自己。有點駝背，連忙挺直身子。到達十二樓。明亮的入口掛著「牧羊人職涯」的木製招牌，上面的標誌像是牧羊人所使用的手杖。春天微白的日光照亮的招牌。

千晴打開門，走向裡面的辦公室。如新買西裝般的味道越來越強，也越來越靠近工作中的人們所散發的熱氣。

突然覺得腳變得沉重，即使如此也硬逼著腳向前踏出，這樣一來身體就會跟著往前邁進。

「各、各位早安！」

第一句話就吃螺絲令千晴很後悔，不過還是彎下腰向辦公室鞠躬。洋子出了聲，「這是我外甥女，從今天起要跟我們一起工作喔！」然後指向千晴。聽到不算熱烈的掌聲，千晴緩緩抬起頭。

「我是從今天起受各位照顧的未谷千晴。請各位多多指教！」

牧羊人職涯。西新宿這裡是總公司，大阪與福岡也有分公司。全部員工有一百二十人，規模姑且算得上是大企業，是有二十年以上歷史的轉職仲介。工作內容是，向求職者介紹最適合的徵才企業，協助求職者再次就業。

千晴從今日起就是這間公司的見習職涯顧問。「與其打工不如來我們這」，就因爲洋子這個發想，千晴選擇來到這裡工作。試用期爲一年。完全就是走後門進公司的。

在這裡工作、協助轉職者的同時，不妨也想想自己的將來。洋子跟雙親都說了一樣的話。

多虧有大片窗戶，整間辦公室非常明亮，而且跟面談區一樣以藍色爲主色調，空間乾淨又整潔。辦公室裡的員工們都朝這裡拍手。

然而有個人沒有拍手。像是把背靠著窗戶上站著的那個人，手上拄著一支木拐杖。

拐杖慢慢地移動，那個人也走近千晴。站到千晴眼前的他，跟初次見面時的表情相同。

我這種人眞的可以在牧羊人職涯工作嗎？從洋子提議到進入公司的這幾週時間，千晴一直思考著。爲了尋找自我而工作，怎麼想都不夠誠懇，而且還是靠關係進來的，其他員工肯定不會給自己好眼色看。

不過千晴也心想，恐怕就只有這個人會露出目中無人的笑容，直言不諱地說「妳就盡量努力吧」。

「太好了，這樣可以繳稅了呢。」

這位有著跳槽的魔王大人之名諱的男人，不出意外地用冷淡的口氣拋出語句。他從懷裡取出識別證，一言不發地遞給千晴。識別證有著千晴曾看過的設計，並印著千晴的名字與照片。

「歡迎來到牧羊人職涯。妳就盡量去找那什麼自我吧。」

丟下這句話，那個人又回到原本的位置。雖然知道他就是這樣的人，還是覺得那「盡量」兩字是多餘的吧。千晴正要聳聳肩，來栖嵐卻不慌不忙地轉過身來。

「對了，負責指導未谷小姐的，是我。」

來栖像是談論今天的天氣般語氣平淡地丟出這句話。他看著一臉茫然的千晴抖了抖肩膀，似乎是在笑。從窗戶照進來的春日陽光成了逆光，使千晴看不清他笑起來的表情。

他被太陽照亮的頭髮，閃耀著白色的光輝。

第二話

因為身邊的人要跳槽覺得焦慮，所以自己也急著想試試看，是嗎？

三十二歲／女性／派遣員工　文具製造商　行政人員

宇佐美由夏

廁所裡的垃圾桶滿了，衛生紙也一捲也不剩。

「今天是輪到誰要打掃？」

就算問出口也沒人回答。沒辦法，宇佐美由夏只能自己更換新的垃圾袋，然後補上新的衛生紙。

剛走出廁所就碰上同一個部門的村松愛。由夏看著對方腦袋後方那看起來沒什麼，但綁起來其實相當費工夫的輕盈馬尾，才想起「今天負責打掃廁所的不就是她嗎」。

「啊，宇佐美小姐，妳打掃完了嗎？」

語氣聽起來像是她也正要進去打掃，隨後還補了一句「眞是對不起！」。可明明就規定負責的人要早點來公司處理，現在卻已是午休了。

「我從今天早上就一直忙著應付客人。眞的很謝謝妳幫我掃完了！」

村松笑咪咪地進去廁所。由夏還在等她說一句「下次換我幫妳掃」，不過只聽到門關起來的聲音，由夏不由得嘆了一口氣。

啊，太大聲可能會被村松聽到。不，被她聽到也無妨，畢竟從很早之前就在無意間聽到她說

「掃廁所這種事交給派遣去做就好啦～」。

「七惠，對不起，我去丟廁所垃圾了。」

回到辦公室，約好要吃午餐的學妹中田七惠已經在收拾包包了。

「咦？今天負責打掃廁所的是……」

七惠的眼睛飄向村松的座位。她跟村松是搭檔，協助村松這些業務人員處理行政工作。當村松從廁所回來，便在預定行程的白板寫上「午餐、外勤」，然後就踩著輕快的腳步離開了辦公室。

由夏是派遣員工，派來在這間稱爲曉文具的文具製造商負責業務行政工作，工作內容是根據業務人員帶回來的訂單製作報價單與合約書，或是幫忙下訂商品、交付貨物，總之透過各種事務工作輔助行銷與業務人員。

七惠也同樣是派遣公司派來的員工，年紀爲二十五歲，比由夏小七歲。雖然年紀有些差距，不過話不多、個性文靜，與由夏相當合得來。

走出公司大樓，她們決定前往徒步五分鐘的居酒屋，那裡在午餐時段也有營業。這家店的賣點就是便宜，七惠總是在這吃著簡樸的午餐。

「宇佐美小姐，我有些話想講。」

當兩人份的滷內臟套餐送上桌時，七惠突然露出奇妙的表情，非常罕見地用這種語氣開口。這情況實在太少見，以至於由夏直覺判斷接下來絕對不是什麼好事。

「怎麼了？是不是估價時少寫一個零就交出去了？」

「我現在正在進行轉職活動。」

夾在筷子上煮到滾爛的蘿蔔掉回碗中，汁液都噴濺到托盤上。七惠則是將配菜的馬鈴薯沙拉送進口中，再說一次「我現在正在進行轉職活動」。

「這……是爲什麼？」

「我們跟曉文具的合約不是七月就到期了嗎？想說時機正好。畢竟會來這裡只是因爲剛畢業的時候沒能拿到正式員工的內定，才進入派遣公司試試而已。」

「不過七惠工作這麼幹練，業務那邊也稱讚妳說『這麼年輕卻值得信賴』……」

「註冊派遣公司時，我就決定總之先工作三年再轉職了。而且不論工作有沒有拿出成果，只要過了僱傭期間就會被踢出去，然後又派遣到新的職場……我覺得這種生活好空虛。」

這是在挖苦從大學畢業後就做了十年派遣社員的由夏嗎？還是單純她真的不懂由夏的心情？

由夏並不是沒感到空虛過。不論多麼努力工作、不論在派遣的單位建立多好的人際關係，只要對方公司不續約由夏就只能離開，然後等待派遣公司介紹下一個職場。由夏從二十歲到三十歲這段歲月，就是這麼過來的。

「七惠……可以順便說說妳現在轉職活動的進度怎麼樣嗎？」

「最近去面試了。」

「面、試！」

由夏還以爲七惠只是在轉職網站上物色看看有沒有不錯的公司而已。

「我是請轉職仲介幫我介紹的，所以很快就找到符合條件的公司。他們還會幫我調整面試的日程，很方便喔。畢竟現在還在工作，沒辦法像學生時期那樣一間一間仔細打探。」

這不就是在報告「我要跳槽」嗎。

「宇佐美小姐接下來要做什麼呢？」

「『做什麼』，是什麼意思？」

「妳要繼續靠著派遣工作到退休嗎？啊，我不是因爲自己要跳槽所以想向妳炫耀，就只是單純地，想參考宇佐美小姐心中的職涯規劃。」

七惠那頭頭是道的話語，不知爲何聽不進由夏的心裡。由夏只是打哈哈笑著，模稜兩可地回答。

「嗯――――怎麼說好呢。即使要轉職大概也是一般文書職吧，畢竟正式員工還是很難錄取到的。」

「因爲宇佐美小姐有位設計師男友嘛，既然如此結婚後派遣或兼職也都不錯。」

七惠應該是全無惡意，可是她嘴裡吐出的「既然如此」、「結婚」、「派遣或兼職」、「也不錯」這些字詞，在由夏聽來似乎都藏著「不過我是不想要啦」的眞心話在裡頭。

爲了堵住自己快忍不住的嘆息，由夏趕緊用衛生筷夾起煮到透的蘿蔔咬了一口。好吃，眞的很好吃，入味又軟嫩。兩年前剛開始在曉文具工作時第一次吃到這煮蘿蔔，也是這個味道。

才這麼想，感覺有人從後面拍了拍自己的肩膀，好像在催促自己「接下來就換妳了」。

回到公司後七惠如常工作。坐在她旁邊的由夏，有時候會停下正在打字的手。

在大學時期的就職活動中，由夏的目標曾是正式錄取的行政人員。當年的就業市場是供遠遠過於求，即使資質優秀的人也很難取得內定。結果由夏拿不到內定，只好註冊在派遣公司，以行政人員的身分游走在各種不同的公司。

工作……應該是有成就感的。工作時的確感受到自己有幫上業務的忙，也獲得對方的感謝。雖然沒能續約時「這幾年辛苦妳了！」的道別，聽起來還是有些寂寞。

但說到底，「成就感」究竟是什麼？受人重視、得到他人的感謝，那就是工作的成就感嗎？字典上是這麼寫的嗎？

傍晚打卡後，由夏來到廁所補妝，正巧七惠也走了進來。她問道「要跟男朋友吃飯嗎？」。

對呀，由夏回答。她隨口問了七惠。

「七惠註冊的那間轉職仲介，是什麼名字？」

正準備進入單間的七惠轉過身來問「宇佐美小姐也開始對跳槽有興趣了嗎？」，臉上微微浮現笑容。

「什麼，廁所的輪值？」

吵雜的店內似乎蓋過由夏的聲音，克行只能再問一次。由夏將剛送上來的義大利漁夫麵分到克行的盤子裡，並稍微提高音量。

「掃廁所本來是員工之間要輪值處理的，村松小姐卻總是偷懶沒做。」

由夏下班時，時常跟克行來到這間離池袋鬧街稍微有些距離的義大利餐廳用餐。雖然菜色豐富，但兩人總是點微辣的義大利漁夫麵，跟淋上蜂蜜吃的四季披薩。每次都會相視而笑，不約而同地說「結果還是點這道嘛～」。

澀井克行是曉文具委託商品包裝設計的公司旗下的設計師。一年半前在公司參加大型網購公司舉辦的競賽時，克行作爲藝術總監加入到團隊中。曉文具最終順利贏得競賽，舉行了盛大的慶功宴，由夏等派遣員工也得到邀請。最後便是在那裡遇見了克行。

克行主動聯絡起由夏，邀請她去吃頓飯，之後兩人一起用餐了兩次，然後正式交往。交往到現在也快要一年半了。

「現在的年輕女生算得可精了，不過臉皮厚一點的人才爬得高呀，尤其是業務。」常出入曉文具的克行也很熟悉村松。克行將沾滿了鮮紅色辣醬的麵條送進嘴裡，笑著對由夏說。確實，村松的業績很好，部裡對她的評價也不錯。

由夏其實想開口說的是七惠提到的跳槽問題，但感覺話題因此會變得很沉重，始終沒能鼓起勇氣。就怕話題最後聊到我們的將來、四十歲五十歲以後的生活、老後的處境等等。

「可是啊，村松小姐偷懶的份，不還是有人要去幫她擦屁股嗎？」

蛤蜊、魷魚、蝦子，由夏用叉子依序叉起義大利麵的配料，聳肩抱怨。

「老實講，我當然也知道她忙於外勤，而且她們業務沒拿工作回來，我也沒工作可做，所以我這派遣員工才去幫她處理打掃這點小事嘛。」

「是啊，在某個層面上這也是業務協助的一環。我們那邊也有派遣員工，在他們之中獲得大家認同的，就是像妳這樣在細節上積極主動的人。」

但就算被認同，我這派遣員工的薪水也不會變。由夏暗自在心底嘟噥一番。或許是看穿了這點，克行舔了一口白酒，露出作弄般的笑容說。

「該不會由夏只是因爲對方沒感謝妳才這麼生氣吧？」

眞的是這樣嗎？由夏心想。但就在吞下麵條這短短的時間中，由夏也開始覺得克行的確是說中了自己的心情。

「你說的對，她至少也該稍微感謝我一下。這種事應該由我跟她挑明嗎？但我畢竟年紀較大，不想讓人嫌三十歲左右的阿姨在那邊嘮嘮叨叨。」

講到這裡，由夏忽然感到疑惑，「奇怪，三十二歲還算是『三十歲左右』嗎？」她便開口問了克行。克行瞄了一眼手機，隨卽抬頭應聲「當然」。是說都要九點了，公司還會傳工作的郵件嗎？

「過了三十，是不是乾脆一點挺起胸膛稱自己年近四十會更好？」

「不不不，才三十二就說自己四十歲左右也太勉強了。」

可話說回來，克行不也三十二了。由夏這麼一說，克行又反過來笑著回答「那好，我們兩人就乾脆點，都說自己要四十了吧」。

克行是個會若無其事把話講得尖酸刻薄的男人，但不知道該說他用字遣詞很溫和，還是該說他有點淘氣。他不會爲了討好別人而講些甜言蜜語，這點反而很值得信賴。

「由夏，要吃平常的那個嗎？淋蜂蜜的那個。」

「我要吃。」

克行沒有翻開菜單，直接向經過的店員加點四季披薩。

「我們也眞不會膩，每一次都點一樣的東西吃」。克行一邊說，一邊乾掉酒杯裡的酒。他再順便多點了一杯。

成長到三十二歲，現在由夏認爲，考慮到將來的事，就是要這樣的人才適合當作交往的對象。

由於克行說明天很早就要開會，所以由夏早早就跟克行道別然後回家。高中畢業後就來到東京，這間1K的房間前前後後也住了十四年。雖然有好幾次搬家的好機會，但想到「現在的房子也沒什麼不好，也沒賺到那麼多錢可以付更貴的房租」，最後還是選擇留在這。

洗澡、吹乾頭髮、打開電視看著深夜綜藝節目，然後茫然地盯著社群網站。剛上映的電影感想、某間餐廳的熟成肉很好吃、工作上的抱怨……那些和平的日常在手機上快速滑動、消失。

大學畢業後就沒再見過面的熟人在社群網站上宣布「我還只有三十二歲，還要繼續的磨練自己」，也不知道這些到底是寫給誰看，由夏不禁笑了出來。

噹啷，手機響起通知的音效，是克行傳來的訊息。

打開對話窗一看，由夏驚訝得忘記呼吸。

〈雖然我剛剛就想對妳說了，雖然這麼突然我很抱歉，我們分手吧。〉

雖然、雖然。開頭反覆同一個詞，看得出來比起想好完整的句子，他更想快點把事情講完。

由夏立刻回覆，簡單地回〈為什麼？〉。其實她真正想問的是〈這是怎麼一回事？〉，但如果對方回〈就是前面寫的那樣〉，那就完了。

由夏倒在床上等待克行回覆，但訊息只呈現已讀。房間裡只有電視傳來哈哈大笑的聲音，聽起來那麼刺耳，卻舉不起手拿取遙控器。

那天跟往常一樣。還是那間義大利餐廳、還是一樣的漁夫麵、還是一樣的四季披薩，明明一切都跟往常一樣。

他是在覆蓋滿滿起司的披薩上淋蜂蜜時，一邊嘴裡說著「起司有點鹹比較好吃」，一邊心裡想著要提分手嗎？他是在車站剪票口向我揮手時，想著「可惜沒能說出口」嗎？

噹啷，無情的聲音在手掌中響起。

〈我們都已經三十二歲了對吧？我想是時候考慮跟交往的對象結婚或將來的事了。〉

我有在想啊。跟克行結婚或許也不錯……不，一定要跟克行結婚。我有在想啊。由夏仰躺在床上，看著手機裡的文字，緩緩地用指尖碰觸鍵盤。

〈所以簡單來說，你覺得跟我沒有未來。你的意思是這樣嗎？〉

打出來的句子稍微帶了點刺。接著，她不假思索地送出那張常用的、在狸貓頭上有個「？」的貼圖。送出去她才後悔自己到底在幹什麼。

克行立刻做出回覆。

〈是的。對不起。人生只有一次，所以才不想妥協不是嗎？〉

妥協。跟我結婚叫作妥協嗎，喂？你一直都覺得，跟這個交往一年半的女人結婚一起生活算是妥協嗎？

雖然撥了電話過去，但沒有接。即使傳訊息說〈直接見面談談好嗎？〉，但也只有已讀，他直到最後也沒回話。

像這種時候，通常會怎麼做呢？三十二歲，單身，女，派遣員工，該怎麼辦比較好？腦中還在思索，綜藝節目卻播完了，接著是電視購物節目。可以消除頑強脂肪的減肥器具。效果堪比美體中心的除毛機。最近幾乎都沒再見到的女藝人發出高亢的聲音說「哇，這好棒喔！」。

由夏差點要把手機扔向電視，但最後只是丟到床上。手機在床上跳了幾次，然後掉到地板上。

「啊啊啊～……騙人的吧……！」

雙手遮住整張臉。這可不是失戀那種甜蜜可愛又清新的事。曾經想像的美好未來被對方一手抹掉的憤慨與焦躁湧上心頭。

「說什麼不想妥協……太過分了吧？」

她看向從十八歲起每天晚上都會看見的白色天花板，上面浮現出克行與七惠的臉。七惠這女生，也是因爲從派遣員工的生活中看不到未來，所以才選擇跳槽吧。到底是怎樣啊。你們兩個人都自顧自地朝向自己的未來奔去。要說看不到未來，我也一樣啊。

直到剛才都還在的。作爲派遣員工賺了一些錢，與克行在幾年內結婚……最後還算平穩地走過人生。這張未來藍圖本來還在的。還以爲前面有個不算富有但也不算貧窮，剛剛好的人生在等著自己。自己還是很歡迎那「剛剛好」的人生啊。

由夏試著用手機查詢婚配聯誼網站，可一打開網站，就感覺從手機那小小的螢幕裡飄出一股甘甜香氣，由夏只一陣煩躁。

她接著搜尋了轉職網站。明明經營的公司都不同，但每個網站看起來都大同小異。那種像是大喊著「轉職可以打開你的未來！」然後朝這裡打出重拳的感覺，不管哪個網站都一樣。

藍光好傷眼睛。七惠是看到這個才那麼欣喜雀躍嗎？她是不是覺得自己的未來就在這裡？

由夏回想起七惠說過她有請轉職仲介介紹，所以又搜尋看看，可結果也一樣。究竟從這些搜尋結果的哪裡，可以找到自己的未來？

誰可以來告訴我，像我這樣的人該選擇哪個網站、選擇哪一家仲介呢？

由夏在結果清單中，發現今天傍晚時七惠告訴自己的那間轉職仲介的名字。點擊名字後立刻就連到官方網站，並顯示會員註冊的欄位。

購物節目現在介紹的是美容師也大讚的電棒捲。

由夏就這樣註冊爲轉職仲介的會員。怎麼樣，看到了吧。她在沒有其他人的房間內獨自抒發怨氣。對克行是八成……不，應該是九成。剩下的一成，大概，是對七惠。

可看到「註冊完成」的訊息，她馬上就後悔了。她心裡想著，其實我也沒這麼想要跳槽。

隔天，轉職仲介發來郵件。由於要跟職涯顧問針對轉職進行面談，所以請由夏告訴他們可以安排的時間。

只要無視這封郵件，事情便就此結束。可是由夏回信了。

按下送出鍵後，還是感到了一絲後悔。

未谷千晴

「不用一字一句都做筆記啦。」

看著筆記本上密密麻麻的開會內容，坐在隔壁的女性悄悄地靠到千晴耳邊這麼說。她是公司的CA(職涯顧問)廣澤英里香。千晴第一次來牧羊人職涯面談時，就是她端咖啡來的。她比平均身高的千晴還矮了一個頭，長著一張圓滾滾的娃娃臉，所以剛見面時還以爲她是來做大學生的打工。其實人家已經三十四歲了，比千晴還大八歲。

「沒關係，因爲我也想了解其他求職者的案件情況。」

自己是剛進公司三天的菜鳥，而且還是靠社長的關係進來的。更重要的，如果不把主管說的話都記下來就沒辦法心安，這才是她的真心話。

千晴下意識地瞥了一眼坐在會議室前排座位的來栖。他視線盯著筆電的螢幕，同時面無表情地聆聽坐在附近的CA報告的內容。

牧羊人職涯的東京總公司共有二十五名CA，並分成三組。其中一組的組長是來栖，廣澤與千晴也是來栖組的一員。CA們每週都會分組召開定期會議，將自己負責的求職者內定情況分享給組員知道，並適當交換情報。

「未谷真的好勤奮呀。」

在桌面上拄著臉的廣澤滿臉欽佩地看著千晴。接下來要換她報告了。來栖點名「下一個是廣澤」，而她則散漫地應聲並滑動自己的平板，與嚴肅的開會氣氛格格不入。

「昨天跟三十五歲、在OA裝置製造商工作的男性面談了。受到無紙化與遠距化風潮的影響，他考量到整個業界正日益衰退，於是決定跳槽。另外還講到四十歲的前輩員工跟自己的薪水沒什麼差之類的。」

「看著前輩，對五年後即將四十的自己感到絕望。大概是這個理由吧。」

無論是誰報告哪一位求職者，來栖的反應都完全一樣。聽起來不知道該說是沒有感情起伏，還是說沒能打動他的心。

「最近光是我自己面談過的對象，就有很多抱持著相同理由，從相同類型的業界前來尋找轉職機會的二十幾或三十幾歲求職者。我覺得可以多注意研究一下這陣子的動態。」

轉職仲介會面臨來自各式各樣業界的求職者，即使是企業開出的徵才資訊也是五花八門什麼都有。當然，身爲一名CA，就必須緊密關注多不勝數的業種、職種其中的業界動向。有時候與期望在藥廠工作的求職者之間剛結束一場面談，五分鐘後馬上又得跟期望娛樂業界的求職者進行面談。

CA通常會負責與自己年齡相近的求職者，因此爲了能夠應對轉職盛行，而且跨業轉職也所在多有的二十歲及三十歲世代，來栖從千晴進入公司的第一天就告訴她最好廣泛學會各種業界知識。

「就算被稱作夕陽產業，但整個業界也不是說立刻就要消失。要轉移到能活用自身經驗的其他同業公司，還是去到完全不同的業界，就讓他們自己選擇吧。」

說完結論的來栖將視線移到下一位CA，略過了坐在廣澤旁邊的千晴。千晴鬆了一口氣，重新調整眼鏡的位置；畢竟還沒與求職者面談過，就算被點到名也沒有任何東西可以報告。會議上毫無背景知識的業界話題一個接一個拋出，千晴好不容易才能勉強跟上話題。

「我目前正負責一個二十六歲的求職者，他說因爲工作忙到沒辦法去看喜歡的樂團表演，所以想要跳槽。」

千晴差點就要被坐在旁邊的男性CA所說的話給嚇出聲來，尤其這個求職者跟自己年齡相同，這更令千晴吃驚。由於其他CA們沒什麼反應，看起來這似乎也不是什麼罕見的案例。

「轉職的目的很明確，這樣很好。幫他找個特休好請的公司吧。」

報告中的CA回答「了解」，這樣來栖組所有人的報告就結束了。

「那麼，接下來就繼續拜託各位了。」

來栖一開口，在所有人都還坐著時千晴便立刻站起身打開會議室的門，向著離開會議室的CA們鞠躬道「各位辛苦了」。雖然每個人都面露驚訝，但還是向千晴道謝。

千晴從茶水間取來濕抹布準備擦拭會議室的桌子，卻看到來栖還坐在椅子上。

「第一次開會感覺如何？」

「讓我學到很多東西。」

千晴小心翼翼地點頭，來栖見此露出詫異的表情；那表情就像發現流浪狗不小心闖進家裡的庭院一樣。

「是嗎，那妳學到什麼？」

他笑著詢問，但只有嘴角微微上揚。他在測試自己。一想到不能隨便回答，便忽然感覺呼吸急促起來。

「我發現有些人是在慎重分析業界未來與公司業績後才選擇跳槽，但也有人只因爲想去看樂團演唱會這種微不足道的理由就跳槽，感覺這世上眞的是有形形色色的求職者。」

「原來如此。」

自己的答案到底正不正確呢？來栖看起來絲毫沒有要打分數的意思，只是從位子上站起來。

「十一點要面談，跟我一起來。」

十一點來到的求職者是一位叫做宇佐美由夏的三十二歲女性。她穿著深藍色的裙子與同樣色調的外套，並樸素地在頭髮較低的位置打了一個結。這身裝扮就算要直接去企業面試也沒什麼問題。

雙方在面談區交換名片後，來栖請宇佐美入座。她對著將熱咖啡放在桌上的千晴點頭道謝。

就在這個瞬間，剛坐下的來栖隨即直言不諱地開口。

「一般認爲想要前往沒有相關經驗的業界必須在二十五歲以下，而三十五歲已經是轉職的年齡極限了。順帶一提，有些人還認爲女性的年齡極限只到三十歲。」

他的手邊是宇佐美的履歷。來栖視線落在履歷上，如同往常般以冷淡的口氣說著。

哇，馬上就講了，自我介紹完就講了。千晴差點鬆手放掉原本擺著咖啡的托盤，不禁脫口說出「來、來栖先生」。不過宇佐美的聲音彷彿要蓋掉千晴，看著來栖說「這不就……」。

「這不就是性別歧視嗎？」

宇佐美明顯地皺起眉頭。千晴也用力點頭說道「就是啊」。她眞的是忍不住想講出聲。

「未谷小姐，可以請妳先坐下嗎？」

千晴反射性地坐到來栖旁邊，但來栖一眼也沒瞧她。「她才剛剛進入我們公司，目前還是實習員工」來栖一臉若無其事地說明。既然是面對求職者，好歹也裝出一點笑容吧，可是來栖臉上毫無笑意。

「那麼我剛好算是在轉職年齡極限的界線上囉。」

宇佐美一口咖啡也沒喝，只有表情慢慢從臉上消退。我懂。我懂。約莫在兩個月前，千晴也站在跟宇佐美相同的立場。來栖的話語聽來多麼傷人，我眞的非常懂。

話雖如此，自己剛開始工作還不滿一個星期，也沒有什麼話可以跟求職者說。

「不論前來的求職者是什麼樣的人，我都一定會講清楚這點。畢竟轉職的第一步，就是就是認清自己以及自己的處境。」

來栖跟千晴面談時，也是將這句話當成前提。他喝了千晴所泡的咖啡，而宇佐美則動作僵硬地伸手拿取紙杯。

「宇佐美小姐已經當十年的派遣員工了對吧。」

宇佐美的嘴巴正靠在杯緣時，來栖首先開口。你至少也等人家喝下咖啡冷靜之後再開始問吧。

「是的，主要的業務內容是……」

「妳想要轉職的理由是什麼呢？」

宇佐美話音未落，來栖又接著發問。這男人是故意的。刻意阻攔對方說話，不讓對方有喘息機會，將對話帶進自己的節奏裡。接著宇佐美果眞撇著嘴露出尷尬的神情。

「因爲同樣是派遣公司的同事現在正在進行轉職活動，希望能夠成爲正式員工。」

「原來如此。因爲身邊的人要跳槽覺得焦慮，所以自己也急著想試試看，是嗎？」

不不不，何必這樣說呢。千晴硬是吞下快說出去的話，只是擺出一副笑臉，盡可能透過表情告訴宇佐美「他就是這樣的人喔」。宇佐美目瞪口呆地交互看著來栖與千晴。

「一開始的確是因爲同事要跳槽才給了我契機思考，可是一直以來我都是派遣員工，也沒有什麼在轉職活動裡能說嘴的工作成果，所以我才想來問問轉職仲介，像我這樣的人還有沒有辦法轉職……。」

「這要看宇佐美小姐開出的條件，畢竟我的工作只是向宇佐美小姐介紹盡量符合妳期待的企業而已，並幫妳跟企業做媒合。」

來栖一邊說著，一邊翻開手上的文件。千晴也從資料夾裡抽出一樣的文件。這份是宇佐美事前填好的職務經歷書。備註欄中條例式地寫著對公司的期望和條件。

- 商品企劃或行政職位
- 正式員工
- 希望年薪維持現狀（三百萬日圓）
- 工作地點在東京都內（可以的話在二十三區內）

「妳期望的職位是商品企劃是嗎？」

來栖詢問。雖然只是被問問題，卻感覺漸漸被逼到懸崖邊。連千晴都這麼想，宇佐美肯定更能感受到壓力。

「我已經三十二歲了，但距離退休還有三十年以上。聽到人家說老後沒有兩千萬日圓很難活下去，所以我想說之後成為正式員工的話，從事具有專業性質或能夠累積工作成就的職業會比較好。啊，當然，你剛剛說只有二十五歲前的人可以去到沒有相關經驗的業界，所以要是條件太困難的話，行政職也完全沒問題。」

行政職也完全沒問題。這種話一聽就知道對方其實覺得「這不好」。不過來栖看起來並沒有要指出這點的意思。

「沒有特別想去的行業嗎？」

「只要能僱用我就好。我沒有什麼非得要這裡不可的堅持。」

「年薪也只要維持現狀就好嗎？」

「如果要求更好的年薪，會不會變得更難轉職？」

宇佐美戰戰競競地詢問，來栖則斷言「這要看談判的結果」。

「談判嗎……」

宇佐美的表情已經透露她毫無自信的一面，簡直像是第一次跟來栖面談時的自己。不久前還站在同一立場的人，這時應該說些什麼好呢?當千晴還在猶疑時，來栖便繼續這次的面談。

今天是平日，而現在還在平日正午之前。這個人大概是請了一天或半天的特休來面談的吧，而成果卻是這樣……千晴感到非常慚愧，甚至難以直視宇佐美的臉。

送走宇佐美後，千晴立刻奔回來栖身邊。他仍然坐在面談區的椅子上，凝視著宇佐美的履歷。

「來栖先生。」

「什麼事？」

來栖緩緩抬起頭，表情沒有任何變化。

「請問對第一次準備跳槽的人講一些轉職年齡極限之類殘酷的話題是可以的嗎？」

千晴盡可能把對話保持在像是部屬對主管詢問工作內容的氣氛。

「我想宇佐美小姐大概對自己以派遣員工的身分一路做來的工作沒有自信，而且她看起來也非常在意三十二歲這個年紀。如果是我的話應該會說一些更正向積極的建議。來栖先生是否可以告訴我你之所以沒有這麼做的用意——」

「雖說我已經做好覺悟了，但未谷小姐，妳眞的有夠麻煩。」

他沒有怒吼，也沒有不耐煩，來栖只是以平時的語氣說話並盯著千晴。

「我第一次見到妳就覺得妳是個噁心的社畜，誰都看得出來妳爲了不得罪我很拚命地把想講的話講得非常委婉。要我思考話中含意實在很煩，妳可不可以講話直白點？」

千晴的喉嚨感覺像是被利刃抵住，只能用沙啞的聲音吐出「不，可是」等字句。

「講白了，妳就是想說『那個人就是對自己沒自信，你就不能溫柔一點嗎』不是嗎？」

千晴自從進入公司後，每天早上都提早來公司把桌子擦乾淨。來栖就在這亮晶晶的桌上拄著臉，表情煩躁地瞄向宇佐美走出去的入口大門。

「牧羊人職涯中只有我會講那些話。跟你面談的時候我也說過吧。轉職年齡極限、無經驗業界的轉職年齡等等，只要開始準備轉職，遲早都會聽到這些傳言。既然都會感到焦慮，那麼先了解這些狀況不是更好。」

「就算是這麼說……」

「就算是這麼說？」來栖對著正要說出口的千晴問道。明明在宇佐美面前連一絲笑容都沒有，這時卻微微揚起嘴角。

「……就算是這麼說，但也不用這麼咄咄逼人吧。」

「是嗎。那下次未谷小姐就那樣溫柔對待他們不就得了。」

聽到笑聲，千晴不由得瞪大眼睛。笑聲確實來自來栖。明明就在笑，這人怎麼能塑造出這麼冷漠的氣氛。

「試用期到明年春天，時間還很多。妳就盡量多想想看吧。」

來栖站起身，靈巧地用一隻手拿起文件跟空紙杯回到辦公室。千晴反射性地說「杯子我來收拾」並伸出雙手，不過卻被臭臉回應「我是大人，我自己會收拾」。

何止如此，

「我眞心覺得當初沒把妳送進吉福斯設計眞是太好了。」

他吐出的句子像是在說自己當時的判斷是無比正確的決定。

「因爲我是噁心的社畜嗎？」

「沒錯。顧客都是相信我們才委託我們徵才，幸好沒把噁心的社畜介紹給對方。」

千晴停下腳步，不禁呻吟起來。她狠狠瞪著慢慢離去的來栖背影，卻也發現自己原來會對「噁心的社畜」這種形容感到受傷。

我承認，我是社畜。畢竟在前一份工作裡別人需要的、當時的主管想要的，就是我安分守己地當一名社畜。幾個月前的自己甚至以身爲社畜爲榮。只是「噁心」這個詞還是有點多餘了吧。指定來栖來指導千晴的是洋子。她說「這是很自然的發展吧」，還說「可以從他身上學到很多喔」。

「這是眞的嗎……」

千晴垂頭喪氣地拿起自己的文件跟托盤回到辦公室。來栖若無其事地盯著電腦工作，彷彿剛才的面談不過是一場夢境、一次幻想。

「未谷，第一次面談覺得怎麼樣呀？」

坐在千晴旁邊的CA廣澤問道。她正撫摸著趴在膝蓋上的白貓珍珠。

「……來栖先生一如往常。」

也不知道是不是千晴的形容眞的很有趣，廣澤拍手大笑起來。嚇一跳的珍珠跳下她的膝蓋，逕直跑到窗邊。那裡是來栖的位子。來栖默默敲打鍵盤，一眼也不瞧一下珍珠，不過珍珠也毫不在意，跳到他的腿上蜷縮起來。

「很好。那未谷，我們去吃午餐，順便講點來栖的壞話吧！」

廣澤拿起包包猛地站了起來，千晴反射性地點頭回答「好的！」。

明明廣澤跟千晴的聲音都應該聽得到，可是來栖沒有任何反應。他右手挪動滑鼠，空下來的左手則輕輕撫摸珍珠的背。令人意外地，比起幼貓時撿到自己的千晴，珍珠似乎更加親近來栖。

「那個毒舌討厭鬼的業績遠比大家想像的好，只能說世事難料啊。我剛來牧羊人職涯的時候也嚇了一跳呢。」

廣澤說想要去吃的是開在公司旁邊的咖哩專賣店。她大口塞入辛香料的味道濃郁醇厚的咖哩飯，嘴中念叨著「明明就是個裝模作樣的毒舌討厭鬼」。

「來栖先生的業績有這麼好嗎？」

「差不多可以說成功率百分之百吧。別看他那樣子，他畢竟也當上我們這組的組長。」

該不會千晴辭退吉福斯選考這件事害來栖的業績多了一個汙點吧。不過雖說是實習，姑且也算在牧羊人職涯工作，應該還不算太嚴重才是。

「怎麼樣呀？當來栖的部屬又讓他指導的感覺。」

廣澤笑得無比燦爛，像是在說既然本人不在這，那就老實講給我聽。千晴把撈起來的咖哩又放回盤子上。

「聽說有求職者說過『雖然一開始很想殺了他，但畢竟順利轉職了就放他一馬』，現在我總算是知道原因了。」

「這麼說起來，我剛跳槽來到牧羊人職涯時，曾有一次跟他一起負責同一位求職者。那個人也說過『混帳，我本來想幹掉你，但現在拿到內定了我就饒過你！』之類的話就離開了。他原本是個在總務部勤奮工作十年的人，因爲被公司裡的人說『總務的工作產生不了利益』才決定轉職。可是來栖卻跟他說『但是你對自己的工作能不能得到其他公司的讚許根本完全沒自信對吧』害那個人氣得半死。」

不知道是不是回想起當時的光景滑稽有趣，廣澤捧腹大笑。眞是個愛笑的人。她笑的時候看起來更稚氣，眞的很像是個大學生。

「未谷呀，我們公司跟之前的公司或主管比起來怎麼樣？」

「雖然職場頗有緊張感，但沒有怒罵聲等等，我覺得氣氛很沉著平穩。」

畢竟是直接與人面對面接觸的工作，而且還關係到對方的收入、生活以及人生。雖然腦袋裡懂得這份道理，但直到實際與求職者面談後才眞正體會到這一點。

「有時候氣氛還是會變得劍拔弩張啦……在未谷看來是這種感覺嗎。」
不論是來栖還是廣澤都不會飆罵別人，也沒看過他們強迫部下「就算要下跪也給我把事情辦好」。
「是的，畢竟也沒有主管要求妳不要戴眼鏡。」
「……眼鏡？」
「我一直到大學都戴著眼鏡，不過進入前一間公司的時候，被主管說『女人戴眼鏡後看起來笨手笨腳，別戴了』，所以我就改戴隱形眼鏡了。」
「嗯……未谷，能夠隨口說出這種會讓人嚇到倒退三步的黑心企業故事，妳也是滿厲害的。」
廣澤的眼神與其說是憐憫，不如說像是在觀賞珍奇異獸。
「雖然陪著來栖會很辛苦，不過要學習職涯顧問的工作，跟著來栖學是最好的。妳知道來栖在公司內人家怎麼稱呼他嗎？」
「是魔王吧。跳槽的魔王大人。」
雖說是公司外面，千晴還是降低音量，可廣澤卻高聲大喊「沒錯！就是魔王！」。
「所以別擔心。轉職仲介們都懂得工作的酸甜苦辣，當然也知道轉職後的辛酸和喜悅。雖然來栖的話，可能『酸』會多一點就是。」
「我想也是……」
到明年三月還有將近一年的時間。就算想得再怎麼正向積極，也還是覺得自己前途堪憂。把咖哩送進嘴中，辛香料的強烈刺激穿過鼻子，舌頭也辣痛起來。

不過——。

「如果眞的忍不住想揍來栖，那就一起去吃飯吧。我隨時都可以聽妳發牢騷。」

面對笑咪咪的廣澤，千晴打從心裡覺得有位令人放心的前輩在身邊眞是太好了。

總之，吃完午餐後就先連絡宇佐美吧。幸好，向求職者寄信或寄送徵才資訊等工作都交給了千晴。總之就先幫來栖的舉動打圓場，並告訴對方「一起加油」吧。

◇　◇　◇

〈有空的話叫我一聲〉

才離開座位一下子，電腦上就貼了張便條紙。卽使不用看名字，但進入公司一星期後，也已經知道這方方正正又往右上偏的字是來栖的。

千晴奔向他的座位，還能聽到背後廣澤小聲地說著「眞厲害……簡直是瞬間移動」。千晴猛烈的腳步聲使來栖視線離開了電腦，抬頭露出驚訝的表情。不知道是不是因爲窗戶照進來的自然光，黑眼球帶著些許藍色。

「這點距離不要全力奔跑。妳以爲是運動會嗎？」

「我、我最擅長跑步了……！」

來栖嘆一口氣道「是喔」，像是看到怪異的東西而皺起眉頭。接著將手邊的筆電螢幕拿給千晴看。

千晴，於是她做了這份清單。

「這份清單妳怎麼做的？」

螢幕上顯示的是今天一大早寄給來栖的企業清單。列清單介紹企業給宇佐美的工作交給了千晴，於是她做了這份清單。

「我根據宇佐美小姐的面談內容，從徵才資料庫中列出符合她條件的公司。」

「以她的經歷來說這些企業的難度都太高了。妳挑選時有考慮這一點嗎？」

千晴挑選了數間文具、家具、玩具、生活雜貨、食品等領域的公司，每一間都在招聘宇佐美期望的商品企劃。薪水也都比設定的年薪三百萬日圓還高。

「這每一間企業都願意聘用沒有相關經驗的人。只要清楚告訴宇佐美小姐年齡或經驗的有無不構成劣勢，請她帶著自信在面試時傳達她的熱枕……」

「那些本人再怎麼努力也沒用的事，妳要對方用『自信』或『熱枕』這些精神論來解決嗎？」

來栖的話令千晴屏住氣息。中午許多員工都去休息，辦公室比平常更爲安靜。然而某人敲打鍵盤的聲響卻聽起來特別響亮。

「未谷小姐，清單上這些企業的隱藏條件妳確認過了嗎？」

「是的，向負責的業務確認過了。」

轉職仲介手上的徵才資訊，是業務去各間企業訪問搜集來的。這些最後會輸入公司內的資料庫，職涯顧問再從資料庫內尋找符合求職者期望的企業。

而在這些徵才資訊中，有所謂的「隱藏條件」。

「遺憾的是經驗跟年齡都會成爲不利的條件。如果求職者沒有『什麼』足以抵銷這些劣勢，那麼經驗跟年齡就會成爲求職時的障礙，因此才會有隱藏條件的存在。」

業務向企業聽取徵才資訊時，有時候會碰上性別或年齡限制等在法律上規定不可列於徵才資訊的條件。這些就是隱藏條件。

想要招聘三十五歲以下的男性卻沒辦法堂堂正正寫在徵才資訊上的企業，只要透過轉職仲介就能先做一輪篩選，企業也能藉此有效率地面試那些符合自己需求的人才。千晴應徵吉福斯設計時，來栖所說的「爲了強化年輕時尚品牌，需要年輕且有廣告業界經歷的女性加入」也是一種隱藏條件。

「因爲對方說沒有相關經驗的人也不是絕對沒機會，所以……。」

「這句話大多數時候是『就算沒經驗但如果是條件很好的人就讓他應徵看看』的意思。」

宇佐美並不符合這一點。來栖的臉上這麼寫著。

「而且未谷小姐，妳列出來的清單全部都是很好的公司。待遇好、事業成績也穩定，看得出來妳有仔細調查過才做出這份清單。宇佐美小姐要是眞的能進入這其中任何一家公司就好了。」

千晴繼續抬頭看著，而來栖則聳聳肩說道。

「換句話說，這些公司會有大量的求職者應徵。一旦求職者擠破頭也要來搶，那麼仲介這邊也得先進行選考，篩選並推薦更有機會的人。因爲我們的工作是代替企業協助錄取求職者，所以不能反過來造成企業的負擔，畢竟轉職仲介是靠企業支付的費用才得以成立的。」

求職者可以免費運用轉職仲介。如果有人獲得內定，那麼仲介可以從企業處取得錄取者年收入數成的介紹費，這些就是轉職仲介的營收。

「我認為徵才大致可分成四種。」

來栖厭煩地用右手比出四根手指並接著說明。

「求職者想去的企業、不想去的企業、容易錄取的企業、難以錄取的企業。有些公司即便求職者再怎麼想進去，但如果沒發生奇蹟是永遠都不可能錄取的。相反地，有些企業就算求職者不怎麼想去，但也能輕易獲得內定。CA不能誤判這之間的平衡。」

突然響起珍珠的喵叫聲，讓千晴的視線移了過去。原本躺在廣澤椅子上睡午覺的珍珠，跳到來栖的桌子上。

珍珠就這樣隨之跳上來栖的肩膀並爬到頭頂。千晴正想伸手把這個不會看狀況的小傢伙抱起來，來栖卻若無其事地抓住珍珠的後頸，並把牠拎到自己的腿上。

「我們的工作不是說些『不要放棄就沒問題』之類不負責任的話，讓求職者把『好公司』當成目標，而是盡可能以最短的路徑，帶領求職者前往『適當的公司』。如果推薦不符條件的人，企業對我們的印象也會變差。」

我們的薪水是來自徵才的企業支付的費用。所以，我們必須仔細考量到企業一方的意向。我懂。這個道理我很清楚。

可是感覺來栖的字裡行間都透露出對關鍵的求職者本身，對宇佐美本身的輕視，千晴無法像平時那樣點頭應好。

——怎樣，對我說的有意見嗎？

耳朵深處響起這樣的聲音。聽起來像是來栖，但不是。這是以前主管的聲音。千晴如果沒有立刻回答「好的！」，那麼竹原就會這麼說。

自己都已經轉職了，太陽穴附近卻還是冒出冷汗。來栖則是撫摸著珍珠並聳聳肩，並未對千晴投以關注，口中發出不知道是嘆息還是吐息的聲音。

「妳似乎很會看別人臉色，那麼的確，妳是掌握了宇佐美小姐心中真正的想法。但像這樣慫恿對方追求高遠的目標，卻最後長期拿不到內定的話，到時候妳要怎麼辦？」

千晴自己在來到牧羊人職涯前的數個月也沒有工作。與社會沒有任何聯繫的那種感覺。從大家都在走的道路上脫離的那種感覺。千晴很清楚。

「宇佐美小姐也有自己的生活。要是就職活動的時間拉太長，最後著急地隨便選了一間公司妥協，那她從此以後在工作的同時就會不斷想起『當初轉職就是個敗筆』這件事。這樣未免太可憐了。」

從來栖的話音中絲毫聽不出他對宇佐美的同情，他只是跟千晴說「清單重做後再給我看」，然後轉身面向辦公桌。珍珠從他的膝上再次爬向肩膀。眞是一隻不知死活的貓。

來栖卻毫不介意，任由珍珠趴在他的頭上並繼續工作。

宇佐美由夏

大概是剛過二十八歲的時候吧。在那之前朋友間聚餐喝酒時的話題，幾乎都是大家各自喜歡的事物。然後，就是工作上的抱怨。不論哪一件事，都是「現在」的事。可是不知道從什麼時候開始「接下來」有關的話題就變多了，不是光輝美好的「未來」，而是無法逃避的「將來」。結婚、育兒、要不要買公寓、父母的照護、自己的健康或退休、年金等等，都是跟男友在一起時不會談的話題。

「吶，妳覺得怎麼做才能在老後存個兩千萬？」

一隻手拿著特大號啤酒杯這麼問的是大學時期的朋友。另一個人則探出身子說「聽說兩千萬其實還不夠」。畢業到現在十年，我們三個人每幾個月就會像這樣聚在一起喝酒。

大家並不是說做著很有價值的工作，也不是說賺了很多錢。而是不管在好的意義還是壞的意義上，大家都站在同一個地方。像這樣幾個交心的朋友毫無拘束地湊在一起，雖然的確很開心，但或許也只是用開心來掩飾「無法逃避的現實」，裝作自己沒看見罷了。

十點解散後，才發現牧羊人職涯打來電話。語音信箱的留言是來自CA的未谷，她說詳情會用電子郵件通知。

由夏在電車上打開牧羊人職涯寄來的郵件。在看到「內定」兩個字而屏住氣的瞬間，電車突然大力晃動使由夏差點往前傾倒。外面似乎開始下雨，電車的窗戶打上了數不清的雨滴並反射車內的燈光，一粒一粒地看起來晶瑩透亮。

上星期接受面試的寺田軟體這家軟體公司給了內定。由夏跟未谷在一同研究徵才資訊後，最後將這間公司當作第一志願。職種是業務行政，年收也幾乎沒變。

拿到內定了。對方會說「我需要妳」。雖然是誤打誤撞開始的轉職活動，但現在覺得還好有轉職。擁擠的電車上那種沉悶的氣氛，如今卻感覺如此清新暢快。

郵件裡提到，必須要在一週內回覆要不要去上班。

跟那個板著一張臉，開口就是「轉職年齡極限～」的來栖相比，未谷的態度溫和有禮，而且面談後也始終對自己很親切。面試對策主要透過電話和郵件溝通，但不論是夜晚的時間帶還是週六日，她都會將面試企業的情報整理齊全，並針對由夏的應徵動機和轉職理由給出詳細的建議。從通知內定的郵件中，也能感覺得出來她真的很替自己高興。

在抵達離家裡最近的車站前，由夏反覆看了這封也不是很長的郵件。在這支小巧的智慧型手機中，「未來」降臨了。

回到家洗完澡後，才好不容易冷靜下來。由夏重新確認拿到內定的那間公司所提出的徵才資訊。

選考期間不太在意的「年收三百萬」這個數字，莫名地吸引由夏的目光。明明跟現在沒什麼差別，但就是，很在意。

接著很多事情，都開始在意起來。

寺田軟體是間雖然歷史悠久，但規模小的軟體公司。年收三百萬日圓。如果要跟克行結婚，然後一起上班過生活，這樣的收入或許很充分了。但，現在沒有這樣的未來了。說不定一輩子都會是單身。如果將來必須要照顧年邁的父母呢？年收三百萬日圓真的夠嗎？奇怪，我也沒認真詢問調薪的事情。在面試時有問就好了。說到底，一直都是行政職真的好嗎？就算在某個時機點被替換成派遣或約聘員工也不奇怪。

把行政職的正式員工裁掉換成派遣員工的公司，至今也看過好幾間了。正是這些公司，才會選擇聘用由夏。

這麼一來我自己的人生不就什麼都沒進步嗎？進行轉職活動也只是想沉浸在那種好像有在爲自己人生努力的氣氛中，可實際上根本沒有朝向幸福的未來邁出半步不是嗎？

由夏的心中沒有任何答案。

◇　◇　◇

因爲事先寄了郵件，所以來到牧羊人職涯時已在等候的未谷便立刻帶著由夏前往面談區，表情相當僵硬。明明離梅雨季還很久，但從早上便下著雨，直到晚上也未見停歇，鞋子裡也幾乎像泡在水中。

「來栖現在因爲別的事正在開會，他會晚一點過來。」

未谷坐到由夏的對面，視線游移了一瞬間。

「您說想要辭退內定，是因爲有什麼令您擔心的事嗎？」

與朋友聚餐後的那天，由夏向未谷寄信說「想要辭退內定」。

「與其說擔心……雖然事到如今才講這個似乎太晚了，只是考慮到今後的事，如果以後還是跟現在的年薪差不多，我覺得將來的生活可能會有些難以爲繼。雖然正式的行政人員可以活用以往派遣時的經驗……但既然要轉職，我想做一些不同類型的工作。」

話尾越來越小聲。感覺耳邊有聲音在說，就憑妳這樣子有什麼資格挑工作。不知爲何，那聽起來像是克行的聲音。

不行。配不上。自信、過去從事的工作、身分跟實力，現實中的我根本配不上。

「我也知道我現在的狀況不允許我挑三揀四，但總是有種踏不出第一步的感覺。」

由夏凝視著未谷端上桌的熱咖啡。白色的熱氣緩緩飄升。隨著熱氣搖晃的瞬間，由夏說出一直悶在胸口的內心話。

「我到底該怎麼辦才好呢？未谷小姐至今負責過的人之中有人跟我一樣嗎？那個人最後怎麼做？有順利轉職嗎？」

我想要一個標準。三十二歲、女性、單身、派遣員工。跟我一樣的人，是住在房租多少的房子裡、每個月花了多少錢、揮霍多少錢、又存了多少錢、然後感到多少幸福呢？

未谷看起來相當爲難，小聲道「至今負責過的人……」便說不出話。由夏想起了她只是實習CA，差點就要失禮地嘆出一口氣。

喀搭，傳來單調的聲音。聲音輕盈卻又冰冷鋒利，一聽就知道是誰。

「我來晚了。」

來栖拄著拐杖來到面談區。他看向由夏，再看向未谷，露出難以捉摸的表情聳了聳肩。

「宇佐美小姐，我們不可能知道妳該怎麼做才是對的。」

他突然這樣開口。

「轉職是正確的、去那間公司也是正確的，妳希望我這麼說嗎？」

來栖的語氣相當平淡。聽到這樣的語氣，由夏不由得想高聲回答「對啊對啊！我就希望誰可以幫我決定！」。

「這裡沒有任何正確解答。什麼是正確的，只有宇佐美小姐可以決定。」

並不是想把決斷的責任推給別人，只是想要有個人指出自己的道路。這樣或許很懦弱吧，很優柔寡斷吧，可難不成這世上每個人，都對自己的決定那麼有自信嗎？

難不成每個人都百分之百肯定，自己絕對能做出正確選擇嗎？

「要是我知道什麼是正確答案，又何必這麼辛苦呢。我已經三十二歲了，而且一直都是派遣。雖然講這些也無濟於事，但我也到了一次失敗就會造成致命傷的年紀了。」

即使轉職後覺得失敗了，但也無法立刻補救。自己現在就處在這種狀況中。

「這種事不會只發生在宇佐美小姐身上。任何人都不希望失敗，也沒有人知道什麼才是正確答案。」

來栖輕笑了幾聲。這是他第一次在由夏面前露出笑容。彷彿要將原本微弱的焦躁火星，用扇子煽成猛烈的一團大火。

「請以自己的意志做決定，妳已經是大人了。」

這是挑釁。這傢伙絕對是在挑釁。他沒有那種循循善誘的慈悲，也絕不溫柔。他只管投射那些銳利帶刺的話語。爲什麼這種男人會來做CA這種工作。

溼答答的鞋子事到如今令人更爲惱火。

來栖對由夏的心境毫無顧慮，只是態度輕鬆說道「還請妳仔細考慮」。末谷小心翼翼地問「可是對對方公司的回覆期限……」。

「這點小事我會想辦法處理，妳放心。」

來栖拄起木製拐杖，稍微拖著左腳轉身離開面談區。

被留下的由夏與未谷則不知所措地呆坐在位子上好一段時間。

◇　◇　◇

業務部的村松愛又翹掉掃廁所的工作，由夏只好自己補充新的衛生紙並打包垃圾丟掉。她從今以後也會像這樣把工作推到我頭上吧。由夏在洗手台的鏡子前垂頭喪氣，才突然想起合約在七月底就到期了。

是否接受內定的回覆，來栖幫她把期限延長了一個星期。即使如此，也就只有一個星期。

回到辦公室，由夏跟七惠一起去吃午飯休息。坐電梯下到一樓，在門開的同時便看到了眼前的克行，令她不由得停下腳步。分手後——準確來說是被單方面甩掉後，別說是當面對話，就連訊息也沒有傳。

看起來克行是要去商品開發部還是哪裡開會。他對由夏和七惠禮貌性地點點頭，便帶著後輩設計師進入電梯。由夏感覺到背後的電梯門關上，才領悟到他們兩人真的已經分手了。

「宇佐美小姐？」

七惠一臉詫異地回頭。「抱歉，我在想些事」雖然試著笑臉回應，但聲音卻異常沙啞。

「七惠，妳覺得怎麼樣才叫作大人？」

由夏在心中推開克行的臉，隨即飛過來的是前幾天來栖所說的話，就跟那天被他當面訓責時一樣，他的話依然像支箭矢般劃過空氣飛來。

「高中生的時候，本來以爲只要過了二十歲就會自動變成大人，可是現在我還是不知道自己到底成爲大人了沒。」

年紀是有了，但精神年齡仍與高中生時期沒有什麼區別。能自己賺錢生活就是大人嗎？建立家庭才是大人嗎？還是說……能自己一個人進去牛丼店或拉麵店才叫作大人？

誰快來告訴我答案。

「應該是能對自己負起責任就叫作大人吧。」

七惠回答，語氣好像在說前面那些想法都不太對。

兩人在往常那間居酒屋點了當日套餐來吃，並多付一百圓換成大碗的飯，普通的味噌湯也換成豬肉味噌湯。結果送上來的當日套餐竟然是薑汁豬肉，豬跟豬重複了。還以爲七惠會說「重複了呢」，但她只是微微低頭，把薑汁豬肉的高麗菜配菜送進嘴裡。

「宇佐美小姐，我拿到內定了。」

由夏小口喝著放入好幾塊豬肉的豬肉味噌湯，回答「這樣啊，恭喜妳了」。竟然能坦率地說出「恭喜」，由夏自己也感到意外。

「九月就要前往新的職場了。」

那我呢？到了八月還是繼續作爲派遣員工工作嗎？到時候我會想說進行轉職活動是一時鬼迷心竅，並偶爾想起那個叫作來栖的可惡CA嗎？

「宇佐美小姐，因爲我不想留下遺憾，所以有件事想趁現在告訴妳。」

七惠放下筷子，煞有介事地將雙手搭在膝蓋上，往由夏探出身子。她神情嚴肅，用低沉的聲音這麼說。

「宇佐美小姐，妳不是跟長谷川設計的澀井先生在交往嗎？」

是啊，但分手了。應該說被甩了。本想要傻笑著這麼回她，可是七惠接下來說的話令由夏震驚不已。

「聽說那個人似乎正跟業務的村松小姐在交往喔。」

「————什麼？」

由夏的聲音大到午餐時段嘈雜的店裡也一瞬間安靜得鴉雀無聲。

「半年多以前澀井先生曾來我們這裡開會，但我就覺得奇怪，他跟村松小姐的距離特別接近。然後大概一個多月前，我也聽過他們在走廊上嘰嘰喳喳的玩鬧聲。那絕對有著男女關係，絕對有！我很擅長看穿這種事的。」

一個多月前，當然，那時候克行還跟由夏在交往。

「不，可是，村松小姐本來就是個還蠻會裝熟的人，而且克行也……澀井先生的個性也挺友善的，所以……」

「記得是上個月吧！村松小姐把郵件誤傳到我這了。」

差點鬆手摔掉裝湯的碗。由夏趕緊放回托盤上，戰戰兢兢地問「誤傳，什麼」。

「村松小姐沒注意到把我加進了CC裡，然後就把信寄給澀井先生了。雖然是工作上的信件，可是在最後明白地寫上私人的事情。」
七惠一邊說著「我忍不住存下來了」，一邊拿給由夏看。
那的確是村松愛寄給克行的信件。乍看之下只是普通的商業書信，但就在文章最後氣氛突然驟變。
「前一陣子去吃的肉好好吃喔。下次去吃泰式料理吧……」
讀著字裡行間都透露出雀躍與欣喜的文章，由夏沮喪地垂下頭。比起想痛罵他們別拿業務用信箱亂搞的憤慨，灰心氣餒的心情終究還是略勝一籌。
克行會跟村松去各種餐廳吃飯啊？不是每次都去同一間店、點同一種菜啊？跟我在一起，就連開拓新的餐廳或料理都提不起勁嗎？
「我之前始終不敢告訴宇佐美小姐，一直很煩惱到底該怎麼做——」
七惠的聲音已經傳不進由夏的耳朵裡了。這麼說來的確，的確是這樣。跟那女生交往，跟那個放掉廁所清掃工作的女生交往，這樣就「不是妥協」了。
該怎麼辦？應該要忍氣吞聲嗎？還是要報他一箭之仇？由夏對著內心深處自問，然後很不甘心地想起來。
——請以自己的意志做決定，妳已經是大人了。
想起來栖的話與那挑釁般的微笑。別給我說什麼大人，你以爲大人就能事事都做好決定嗎？別小看大人啊。別給我小看連自己是不是大人都不知道的大人啊。
早知道那時候就至少向來栖回個嘴了，這麼一來我就可以覺得自己是個被劈腿、被分手的可憐蟲，可以躲起來當個愛哭鬼。跟朋友出去聚餐時還可以拿來當作話題呢。

「七惠，謝謝妳。」

由夏沒有再對瞠目結舌的七惠說什麼，只是大口扒進薑汁豬肉與白飯。高麗菜也沾著滿滿醬汁一起全部吞下肚。豬肉味噌湯一滴也不剩。

「我吃飽了。」

由夏啪的一聲雙手用力拍出巨響，接著從錢包裡拿出一千圓鈔票給七惠。她將七惠留在了店裡，逕自走出店外。

女性、三十二歲、單身、派遣員工。被男友以「跟妳結婚是對人生妥協」這種理由分手，然後才發現公司裡的年輕女員工才是他的正牌女友，而且那女生每次都把掃廁所的工作推給自己。

縱然如此，看來我今天真是非常走運，由夏進入公司入口時是這麼想著。因爲剛開會完的克行，竟然這麼巧剛好走出電梯。而且啊，而且而且而且，不知道爲什麼，他旁邊就站著村松愛。難不成你們是想藉著開會的名義去附近咖啡廳來個午餐約會嗎？你們到底把工作、把公司當成什麼了。

由夏忍不住跑了起來。她原本要來個飛踢，但想到自己一定也會受傷便作罷。

她轉而用自己那十年來不斷做著行政工作的右手，朝著克行的臉頰狠狠地甩了一記耳光。打下去才發現哇……這場面有夠像廉價的愛情劇，實在蹩腳到不行……。

但，感覺還不賴。

「什麼叫『人生不想妥協』！少在那邊用裝模作樣的話來掩飾劈腿的自己！你這混蛋！」

吼出聲的瞬間，由夏想起剛畢業來到派遣公司工作時的情況。當時覺得因爲經濟不景氣、因爲沒有什麼值得一提的能力，所以不是挑工作的時候，只要能夠工作拿到薪水就夠了。那時就這樣妥協了。

然而現在都已經過了十年，難道我還不能挑剔一點嗎。混蛋。

無視左臉發紅而畏畏縮縮的克行，以及露出恐懼表情像是遇到熊的村松，由夏搭上門還敞開的電梯。雖然由夏工作的樓層是五樓，但心想「這時候就是要去最高的地方」，便按下頂樓的按鈕。從頂樓可以看到今天東京萬里無雲的好天氣。初夏的藍天清澈澄淨，不過面對這紫外線似乎很強烈的陽光，由夏也只能苦笑，想著我沒有塗防曬霜呀。

從口袋裡取出手機，打電話給牧羊人職涯。鈴聲都還沒響到一次，未谷就迅速接起電話。聽到「是的！這裡是牧羊人職涯！」的應答，由夏笑出了聲。

「未谷小姐，我是宇佐美。雖然我現在完全是憑著一股勁打電話，憑著一股勁在跟妳說話，但我覺得若是沒有這股勁，我可能就無法踏出這一步了。我要跟妳說。」

沒錯，我需要一股勁。爲了擺脫牢牢抓著十年的工作、爲了擺脫劈腿的男友、也爲了擺脫害怕未來的自己，最需要的就是這樣一股勁。

由夏深吸一口氣，向困惑的未谷說。

「請讓我辭退內定。我想去工作更快樂的公司。薪水再高一點的公司當然更好。雖然我想難度會很高，但還可以再陪我一段時間嗎？」

把握幸福吧！用賞了克行一巴掌的這隻手，緊緊抓住幸福吧！

由夏握緊微微變得粉紅的手掌，後悔的情感，這次並沒有現身。

未谷千晴

「爲什麼露出像是被判死刑三秒前的表情？」

被坐在旁邊的來栖這麼問，不禁脫口回答「因爲跟現在的情況差不多」。

牧羊人職涯的面談區除了自己跟來栖以外沒有其他人。如果至少有個CA在面談，那氣氛也不會這麼沉悶。

「宇佐美小姐辭退好不容易得到的內定，說想挑戰條件更好的公司……這有可能變成來栖先生所擔心長時間拿不到內定的狀況。要是她一急而妥協，選擇本來不想進入的公司……。」

「妳說那件事嗎？」

來栖打斷千晴的話，拇指撫摸靠在桌子旁的枴杖握柄。宛如天然礦石般的木頭光澤，反射天花板的燈光而呈現銀色。

「那件事不重要了。」

話音未落，就傳來入口的門打開的聲音。是宇佐美。千晴立刻衝了過去，再將她帶到面談區來。

宇佐美應該是工作結束後直接來到這裡，不過不知爲何右手手腕貼上貼布。千晴問「您受傷了嗎？」，宇佐美則喘著大氣晃晃手腕道「稍微看到一點人間煉獄了」。

在這身姿面前，就連來栖的表情也不再那麼嚴肅。

宇佐美在今天中午通知想辭退內定。千晴本來覺得要是能在晚上前改變心意就好了，不過她看起來絲毫沒有這個意思。

「宇佐美小姐，您說想辭退內定是怎麼一回……」

「轉職活動會很辛苦喔。」

來栖又打斷千晴的話。不過跟之前截然不同，他露出微笑，似乎有些開心地看著宇佐美。

「妳將難度從『薪水低也行，什麼工作都好』提高到『雖然沒經驗但想要相當程度的薪水，而且還要是能感受到意義的工作』，我想內定應該會很難取得。請在精神面與金錢面都做好最壞的打算。」

雖然說的話很嚴厲，但聲音卻比平常溫和許多。

「我想我做好覺悟了。我單身沒有男友，也沒有會花錢的興趣，倒是存了一點錢可以暫時供應生活。我不想妥協，我想做出對自己來說最幸福的一次轉職，畢竟再怎麼說，我也是一把年紀的大人了。」

宇佐美將來栖曾經拋給她的台詞，原封不動地拋了回去。她直直地看著來栖的眼睛。千晴懂了，這是做好覺悟的人才有的眼神。她的聲音與中午打電話給千晴時一樣有力而自信。

「雖然說不定你會嘲笑我是個笨蛋，但我想成爲一個認眞工作，獲得不錯的薪水，在擔心老後等問題的同時還能開心喝酒的人……啊，還有，下次絕對要找個不會劈腿的男友。」

看著咬牙切齒又多補充一句的宇佐美，來栖忍不住的放聲大笑。他抖著肩膀說「我不會笑妳的」。不，你現在不就在笑嗎。千晴狠狠瞪過來，可來栖毫不在意。

「我不會笑妳的。這是妳自己決定的，是妳自己的幸福。妳就盡量加油，把握妳的幸福吧。」

來栖再次向宇佐美說明重新投入轉職活動應事先了解的事。內容與最初的面談幾乎相同，比如無經驗與年齡都會影響轉職的困難程度等等。最後再進一步詢問，宇佐美對想要轉職的公司有什麼要求。

跟之前不同的是，宇佐美這次眼神堅定地看著來栖並點頭回應。

「宇佐美小姐，妳作爲一名派遣員工，至今已在許多公司工作過了對吧？」

在結束面談後，來栖對著準備離開的宇佐美這麼問。從入口回頭的宇佐美疑惑地回答「是沒錯」。

「對派遣員工來說，環境沒幾年就會換一次，人際關係也會有所改變，然而妳卻能每次都讓自己適應環境，就這樣整整工作了十年。這其實是一件很不容易的事。」

我們的工作不是對求職者說些「不要放棄就沒問題」之類不負責任的話，讓求職者把「好公司」當成目標。曾經這麼說的那張嘴，卻也輕鬆地給了宇佐美莫大的勇氣。

這個人到底是怎樣。完全摸不清他的眞正想法。再怎麼聚精會神地觀察他，還是看不透他的內心。

「謝謝你。我會試著加油的。」

宇佐美的臉上洋溢著笑容。她深深鞠躬數次，然後搭上電梯離去。入口如退潮般回復寧靜。

「請問？」

到了這個時候，千晴終於有機會開口。

「爲什麼不從一開始就像今天這樣給宇佐美小姐建議呢？」

「對一個根本不了解自己內心眞正想法，只是因爲焦慮而隨波逐流地開始轉職活動的人，妳覺得說這些有意義嗎？」

喀搭，來栖敲響拐杖。他轉身慢步走回辦公室裡。千晴沒有超越他，只是小步小步地跟著他的後方。

「想有效運用轉職仲介，就必須釐清『到底該將什麼當成自己的幸福』。不是所有前來求助仲介的人都能做到這件事。有些問題如果不投入轉職活動，即使是本人也永遠都看不清。能夠點出求職者自己都不清楚的眞正想法，那才是好的CA。」

來栖突然停下腳步，像是想起什麼。

「未谷小姐，妳第一次開會後自己不就說過了，發現有人只因爲想去演唱會這種微不足道的理由就跳槽到其他公司。對妳來說的『微不足道』，對當事人來說卻是重要的『眞心話』。」

來栖的眼睛如起起落落的潮水般發生變化。眞的很像瞳孔也變了顏色。

「妳現在看清妳眞正的想法了嗎？」

來栖的表情像是回到當時負責千晴的那時候。千晴答不上來，就連敷衍的字詞也一個都吐不出來。

「反正妳也不會知道。妳就盡量努力去探尋看看吧。」

說完，來栖就開始操作公司用的手機。

結果這個人終究是將宇佐美玩弄於股掌之上。快發現自己的心意吧，在那之前就讓這新進的煩人社畜來應對妳吧。在這一個半月的時間裡，他就像這樣等待宇佐美開始認眞看待自己的眞心。

同樣地，千晴也不過是被他玩弄於股掌之上。

「那麼，首先該來給寺田軟體誠懇地賠罪了。」

原本只有一週的回覆期限在來栖的判斷下延長到兩週，在這之上還告訴對方「果然還是要辭退這次內定」，這給人的印象應該差到極點了。不只是對宇佐美，當然也包含牧羊人職涯。

「你要怎麼向對方說明呢？」

「就說了，只能向對方誠懇地賠罪了。」

來栖滿不在乎地撥出電話並拿到耳邊。「平時承蒙您關照了，我是牧羊人職涯的來栖」他和氣地打招呼，電話那頭是給宇佐美內定的寺田軟體人事部職員。

「我們向您介紹的宇佐美由夏小姐，今天正式聯絡我們要辭退內定了——是的，是的，眞的非常抱歉。」

通話時間約一分鐘。千晴窺看來栖鬆了一口氣的表情。

「沒事了嗎？」

「怎麼可能沒事呢，對方可是氣得半死。」

來栖再次滑動手機的畫面，似乎是在確認明天早上的行程。

「未谷小姐，可不可以麻煩妳等一下去小田急或京王百貨的『虎屋』買最貴的羊羹？那裡的人事部長最喜歡羊羹了。記得要拿收據。」

「要拿著羊羹做什麼……?」

「當然是明天一大早去登門謝罪啊。未谷小姐也把行程空出來吧。」

來栖的臉上像是寫著「除此之外還有什麼用途」的表情,嘴角微微揚起。

「我的下跪可是優美如畫,妳就在旁邊好好欣賞吧。」

是認眞的還是開玩笑的?來栖接著什麼也沒說就回到自己的位子上。珍珠活力十足地跑過千晴的眼前,然後飛跳到來栖的背上。

我明天眞的要跟這個人一起去下跪嗎?是不是先在家練習優美的下跪姿勢比較好?

隔天早上,千晴才發現自己的擔憂與臨時抱佛腳的下跪練習,都不過是徒勞無功。

「未谷小姐,妳要擺出那副蠢樣子到什麼時候。」

來到地下鐵入口時,來栖對離開寺田軟體後始終半張著嘴的千晴搭了話。

「因……。」

千晴感覺自己很久沒說到話,聲音顯得有些嘶啞。

「因爲!來栖先生說要向寺田軟體的人事部長下跪啊!我想說我也得一起下跪,所以從昨天就做好覺悟了……結果不知不覺就開始聊下一位求職者的面試日期,而且人事部長也很開心地吃著羊羹……。」

下跪呢,下跪去哪了……。千晴一邊叨念著一邊握住樓梯的扶手,回頭望向單手撐著拐杖慢慢下樓梯的來栖。

「我也以爲這次眞的得下跪了，不過看來虎屋的羊羹的確有派上用場。」

「我不會再被騙了！明明是要去爲宇佐美小姐辭退內定而道歉，爲什麼來栖先生會把其他求職者的履歷一起帶過來！」

啊啊，這個男人眞的是魔王。是個使喚著白貓，一隻手拿著手杖把迷途羔羊們耍得團團轉的魔王。

眼鏡都要從鼻子上滑落了千晴也毫不在乎，只是繼續說著。

「我都回家練習下跪了，你卻一派輕鬆地說什麼『一點小東西不算是賠禮，不過還是向您介紹下一位人才』！」

「畢竟太大意的話就會被其他仲介搶去生意了。想介紹下一個人當然是越快越好。」

「話說回來，條件那麼好的人你什麼時候找到的？」

「前天，我面談過了。」

來栖拿出來的履歷上是一名期望行政職的二十多歲女性。前一份工作是在大企業，據說這次想去規模小的公司，可說是最適合寺田軟體的人才。

「咦，這是誰？我沒有一起面談呀！」

「安排在妳回家後才面談的。未谷小姐，妳在上班的時間之外也透過郵件與電話和宇佐美由夏聯繫，對吧？這算是補償給妳的。想好好工作就別再像那樣自主加班了。」

千晴對自主加班這個詞不由得心頭一驚，感覺身體顫動了一下。雖然嘴角扭捏著擠出「不，那個……」這幾個字，話卻接不下去。

「還有，請不要每天早上提早三十分鐘進公司，然後打掃我們這組的周圍、倒垃圾、泡咖啡或擦拭我們所有人的桌面。我身爲妳的主管完全不需要妳做這些，我也絕對不會爲此給予任何讚賞。」

在前一間公司，規定年輕員工每天早上都要做這些雜事。雖然部門內也有同期進公司的其他同事，但不知道何時起，這些都變成千晴這部內唯一的女員工該做的義務——千晴以爲每天完美做到這些雜事是自己的工作，也是提升自己評價的關鍵。

千晴以爲只要在牧羊人職涯做一樣的事，也一定會得到別人的稱讚。

「來栖先生，你怎麼知道的？」

「自己的辦公桌莫名其妙變得乾淨，咖啡莫名其妙出現在桌上，都這樣了難道還不會發現嗎？別以爲靠著自我犧牲就能找到自己的容身之處。」

無論夜晚還是週六日、假日都拚命工作，並在周遭的人都沒發現的情況下自發地完成所有雜事，未谷千晴認爲只有像這樣展示正在努力的自己，才能讓自己爲他人所接受。認爲一定會有某個人給自己好評，對自己說有千晴在眞是太好了。

這麼一來，似乎就能在一遍又一遍的擦拭中擦掉好不容易進入的公司卻三年就辭去工作的自己，從理想的人生軌道上脫軌而出的自己。

「宇佐美小姐有點像未谷小姐，自己決定不了自己的事，認爲自己沒有權利選擇工作、公司或工作方式，所以才會用他人需不需要自己來衡量與選擇。」

這男人還要繼續說到什麼地步呢。來栖傻眼地對緊張不已的千晴瞥了一眼，便走下樓梯穿過剪票口。來到月台時，他就像剛才什麼也沒發生過一樣用手機確認下午的預定行程。

「總之把下一個求職者介紹給寺田軟體了。今天起要協助那個人進行面試，回去後請檢查履歷是否有什麼問題。」

即使搭上的電車開始移動，千晴還是在心中反覆思考來栖剛剛說過的話。看起來自己還是跟作爲求職者來面談時沒有什麼兩樣。

打開自己手機的行事曆，六月的月曆令千晴嚇了一跳。再這樣下去，說不定轉眼間就來到明年的三月了。一想到這裡，便感覺背後有人推了自己一把，鼓勵自己。

「來栖先生。」

千晴斜眼看向抓住吊環的來栖。坐在他前面的男性上班族直直盯著來栖的拐杖，然後露出嫌棄的表情準備讓座給來栖。來栖將位子禮讓給站在稍遠處的老婆婆，並移動到了電車門附近的位置。千晴一言不發地跟在他身後。

「來栖先生早就知道宇佐美小姐會辭退寺田軟體的內定嗎？是看穿了這點才將回覆期限延長一個星期嗎？」

「我要是能做到這種事，早就靠這個賺錢了。」

來栖對千晴的疑問冷笑以對，不過隨卽換上嚴肅的表情。

「宇佐美由夏的轉職過程會很艱辛。」

電車晃動。千晴立刻點頭回答「我知道」。

「我會謹慎開導她，不會讓她因爲著急而隨便轉職到不符合期望的公司。」

「請在上班時間內做，如果要加班也請記得在上面標記。工作盡可能不要帶回家做，不然我這個指導的人會被社長罵。」

「……是，我會多加注意。」

搬出阿姨這個「社長」，千晴也只能低頭了。「明白就好」魔王的聲音比平時還要再柔和幾分。

第三話

轉職不是在食評網站上挑餐廳

二十五歲／男性／廣告代理商 業務

笹川直哉

赤坂、應酬、包廂、日本酒……把想到的關鍵字全丟進去搜尋。笹川直哉心不在焉地看著手機螢幕上顯示的一間又一間餐廳。

店名沒有什麼意義，店名旁邊的星星數量——客人為餐廳所打的評價才是關鍵。直哉不斷滑動畫面，直到看見一間3.8星而且有包廂的居酒屋。

「西田先生，星期五跟光友製藥的聚餐，我訂好餐廳了。」

吃完午餐剛好回到辦公室的直屬上司西田聽到直哉的報告，只是簡單點頭應聲「喔」便一步也不停地直接回到自己的位子。

過了好一段時間，當直哉站起身準備要去吃午餐時，西田卻又走來詢問「喂，星期五要應酬的店你訂好了沒」。

直哉連在心裡都懶得抱怨一句「我剛剛不是才向您報告過嗎？」。

「光友的山邊部長喜歡喝酒，記得選酒好一點的店。」

「店家的資訊我用郵件寄給您看了。這間有山邊部長喜歡喝的日本酒。」

「你確定是不錯的店嗎？」

「這間評價有3.8星。」

確認直哉寄來的信件後，西田又只說了一聲「喔」便轉身回去工作。

他既不會說「做得好」，也不會說「抱歉問了好幾次」。

「笹川，現在有空嗎？應該有空吧。」

同樣在業務局的前輩大宮招招手，把直哉叫到走廊上。直哉回了一聲「好」，立刻快步跑出辦公室。大概是要叫我做些麻煩的雜事吧。

「怎麼了笹川，你最近看起來沒什麼精神。」

聽到大宮這麼說，直哉急忙大聲回應「不不，我很有精神啊！」。有力的聲音在走廊的牆壁間彈跳，令人耳朵感到刺痛。

大學剛畢業成爲廣告代理商的業務已經三年半了。雖然現在已經有幾位後輩，但直哉仍然是基層員工。有人問「有時間嗎？」那就回答「有！」，有人說「把這個做好」就回答「好！」，叫你吃就吃，叫你喝就喝。新進業務最需要的特質，就是活力、毅力與順從，還有身體夠不夠耐操。

大宮拜託他的工作是裝訂明天競賽要發的簡報資料，總共五十人份。直哉跟召集來的基層業務一起分工把資料裝訂好。春天才進公司的新人手腳不太俐落，意外地花了不少時間，當直哉回到位子已經是兩點之後的事了。

「喂，你中午也休息太久了。」

西田對著直哉碎碎念。西田在大學時期曾是橄欖球社，龐大的身軀坐在狹小的位子上緊盯著電腦螢幕。

「沒有啦，我去幫大宮前輩的忙。」

充滿活力地、開朗地露出笑容，像是在說「您眞是的」。西田回了一聲「是喔」，又繼續打他的電話。

坐到椅子上的瞬間，肚子叫了起來。想要站起來去吃午餐，但休息時間的一個小時已經過去了，事到如今也不是能開口說「我要去吃午餐」的氣氛。

下午三點，肚子餓的感覺已也經習慣了。一週前申請參加競賽的結果在此時打來電話通知，那是大型服裝公司的包裝設計競賽。對方的負責人說「我們一致決定就是要武藏野廣告公司！」令直哉高興地不禁跳了起來。

直哉立刻報告給西田，然而反應卻只有一句「是喔！」。

「你不是新人了，拿出成果是理所當然的。」

說完，西田便去休息抽根菸。

五點過後趕去便利商店買麵包，下班則是十點的事。而就在三十分鐘前，被上層耳提面命，要他叫下面的人減少加班時間的西田，過來拍拍直哉的肩膀說「不是狂加班就比較了不起」。

成爲上班族第四年了，正是最爲麻煩的時期。自己一個人處理工作變成常態，而且不被當成新人對待，必須拿出實際成績。然而大家仍會對自己貼上「你還是新人」的標籤，拿「這也是一種學習」當藉口把雜事都推給自己。如果主張意見，又會被白眼說「最近的新人眞是不知好歹啊」。

自己的身分在新人與年輕的中堅員工之間搖擺不定，到底什麼時候能穩定下來呢？在擁擠的電車上打盹時，直哉在半夢半醒間這麼自問。

回到家已是晚上十一點過後，家中的廚房還擺放著晚飯。

「今天也這麼晚回來呀！」

正當用微波爐加熱冷掉的炸肉餅時，母親從客廳探頭出聲。她將電子鍋裡面剩下的白飯全裝進直哉的碗裡並拿了過來，輕聲要直哉快點吃。

「畢竟是廣告代理商，果然沒有進公司三年就會輕鬆一點的道理呢！」

母親洗著明天要吃的米，不知道是在自言自語，還是認眞詢問直哉。直哉咬下炸肉餅，茫然地回答「誰知道呢？」。

直哉工作的武藏野廣告公司，其公司的氣氛就跟一般廣告業界常見的一樣，重視上下關係與服從，講求堅毅與體力，希望員工積極主動甚至有野心。從就職活動開始，直哉便刻意帶著這樣的特質來面試；直哉塑造了一個充滿元氣與毅力，服從主管和前輩，身體耐操又頑強的形象，彷彿一位有志於廣告業界的學生。或許正因爲他能配合公司所需扮演適當的角色，所以才能從激烈的競爭中成功獲得內定。

即使在進入公司後，他也極力維持這樣的形象。

那時候的我有想著要用這個形象長久地生活下去嗎？還是覺得過了第一年就可以解放，能隨時在某天把元氣、毅力和服從的自己換成隨興自在的自己？

「要不要跳槽呢……」

正準備咬下炸肉餅的口中不經意地吐出這句話。自己也嚇了一跳。可是，母親看起來更是吃驚。「什麼？」她大聲表達疑問，停下洗米的手轉頭望向這邊。

「跳槽？」

不，我是開玩笑的。著急的直哉話還沒講出口，就被罵了一句「別說傻話了」。

「你才剛工作三年半，現在就在講跳槽了嗎？」

不知道是因爲聽到母親的聲音，還是剛好口渴，父親也從客廳重重踏著腳步而來。

「孩子的爸，直哉說要跳槽啦！」

母親立刻報告了直哉的失言。從冰箱取出麥茶的父親看著直哉問道「跳槽？」。直哉將吃一半的炸肉餅放回盤子上，只能聳聳肩表示。

「開玩笑的啦！媽不總是嫌我太晚回家嗎？」

「我才沒有嫌你呢。」

母親鼓起臉頰，將電子鍋設定好後就悶悶不樂地離開廚房。

「才剛工作三年多就想跳槽的人，就算進行轉職活動也不會順利的。」

父親將麥茶倒進玻璃杯，默默地回到客廳。直哉進入武藏野廣告公司時，父親曾說過「總之先待三年」，現在會有這樣的反應也是理所當然的。

洗完餐具後去泡了個澡。直哉泡在水漸漸變冷的浴缸中試著說出「三年」這個字，聲音從天花板反射，輕柔地迴響在浴室中。

總之先工作三年。身邊的人一直以來都這樣告訴自己，父母如此，大學的就業課職員也是如此，甚至之前去上課的就業補習班顧問還有社團前輩也都這麼說。

「三年」已經過去了，但也不是說進入第四年就會發生什麼改變。「總之先三年」之後，直哉也沒能收獲有價值的事物。

或許是因爲店裡有喜歡的日本酒，光友製藥的山邊部長顯得特別開心。不愧是獲得3.8星評價的店，料理與酒都無可挑剔。不僅位在最深處的包廂相當安靜，店員也非常親切，手腳俐落。

在差不多該散會的時間點，坐在下座的直哉悄悄走出包廂，在店門口呼叫計程車，然後到收銀台結帳並拿取收據。正當直哉四處奔走時，離開包廂的一行人也來到居酒屋的入口。

◇　◇　◇

計程車停在店門前，外面滴著小雨。明明梅雨季都過了，可今天的天氣還是不太理想。

直哉將計程車票遞給司機的同時，店門打開，走出來的是西田與山邊部長，還有兩位業務部的前輩。「哎呀！下雨了」一行人有說有笑地走近計程車。

「山邊部長，請搭計程車回家。」

「不好意思啦！」山邊部長坐進計程車中，直哉接著拿出事先買好的和菓子伴手禮交給對方。

「一點薄禮不成敬意，還請您收下。」

裡面是部長的太太喜歡的甜點，神樂坂的和菓子老店所推出的銅鑼燒。與其贈送部長本人喜歡的東西，身爲愛妻家的山邊部長肯定更中意這份禮物。

「謝謝你了，內人會很開心的。」

西田與兩位業務部的前輩一同恭敬地向山邊部長低頭，目送著計程車離去。

直哉保持深深鞠躬的姿勢鬆了一口氣。先預約包廂、準備伴手禮，然後提早來到店裡確認包廂情況與廁所位置；山邊部長杯子一空就立刻拿著菜單來到身旁詢問，接著在適當的時機追加濕毛巾與茶水，最後再提早呼叫計程車以免部長等候。

直哉並沒有特別喜愛與他人對話，也沒有喜歡參加這種酒會聚餐，更沒有非常體貼他人的性格。跟客戶的應酬對直哉而言是相當累人的事。

「各位辛苦了。」

抬頭的瞬間，西田偌大的拳頭輕輕頂了一下直哉的胸口。雖然本人可能完全不覺得自己有出力，但前橄欖球選手的「輕頂」便足以讓一般人感受到窒息般的壓迫感。

「下雨的時候你也該幫部長打把傘吧。」

「……對不起，我今天沒帶傘。」

「氣氛沒炒熱，最後也沒遞出鞋拔就跑到外面來了，眞是不機靈啊！別以爲贏得競賽就可以鬆懈了。」

再去續攤吧！西田向另外兩人搭聲，往車站的方向走去，並對呆站原地的直哉叫喊著「快過來」，直哉只能匆匆忙忙跟上去。一想到接下來續攤還得傻呼呼地笑著應對，就感覺剛剛吃下去的東西快往上溢出來了。雖然只是感覺，不是眞的要溢出來，畢竟料理也沒吃到幾口。

「喂，笹川，有沒有不錯的店？」

西田回頭問道。直哉趕緊拿出手機，輸入赤坂、居酒屋、吸菸……從搜尋到的店家中尋找在這附近，評價又高的店家。

然後找到一間3.7星的烤雞串店。

「西田先生，有間雞肉丸看起來很好吃的烤雞串店！」

我才沒有軟弱到因爲剛剛的說教就感到氣餒喔！直哉像要突顯這一點而大聲回應，並跑近走在前方的三人。他們哈哈大笑，不知道在聊些什麼開心的話題。今後即使光友製藥發來委託，但被稱讚的應該不會是完成這一切應酬準備的自己，而是炒熱氣氛的這三人，尤其是山邊部長最中意的西田吧。

續攤結束後回到家已經過了十二點。到了這時間父母自然是已經入睡了。因爲今天有先說要出去應酬，所以沒有準備晚飯。續攤時也只顧著喝酒，什麼都沒吃。

在廚房泡了一碗泡麵，然後坐在餐桌旁的椅子上茫然地等待三分鐘。這種事在這三年來到底發生過幾次了。

打了一個大哈欠，沒等到三分鐘就撕開碗蓋，然後夾起還稍微脆硬的麵條吃進嘴裡。明天是星期六，難得星期六不用去上班，好好睡一覺吧。

口感變得像魷魚絲般的麵條卡在胸口附近。直哉回想起西田的「輕頂」與「眞是不機靈」這幾句話。

吃完的泡麵碗丟進垃圾桶，然後去沖了個澡。回到房間確認手機，發現寄來幾封信件，比如信用卡目前接受定額分期付款或購物網站的推薦商品等等。

其中某封信的寄信人，寫著令人懷念的求職網站名字。

那是學生時期自己很仰賴的網站。當時每天都會寄來「○○公司將舉辦說明會」或「其他求職的學生獲得內定了，請您加油！」之類的訊息。雖然畢業後就沒有往來了。

<工作第四年了……差不多是考慮轉職的時期？>

看到這標題，直哉氣得忍不住把手機拋了出去。

搞什麼啊，搞什麼搞什麼搞什麼啊。當年還在求職時說得好像剛畢業沒找到工作人生就完蛋了，什麼叫「工作第四年」？差不多考慮轉職？開什麼玩笑。你們以爲我的人生、我的每一天是怎麼過來的？

努力參加就職活動的自己、拚死命擠進武藏野廣告公司的自己、工作三年半的自己，現在看起來全都愚蠢至極。

「……還是跳槽吧。」

直哉趴在床上，瞪著丟出去的手機。感覺好像被就業網站耍得團團轉一樣，眞是不甘心。可是被西田輕頂的胸口，直到現在才開始疼痛起來。

並不是工作沒有成就感，也不是在公司遭到很嚴重的職場霸凌。工作狀態並沒有糟糕到繼續待在公司裡會被弄死的地步。自己竟然因爲這些小事而轉職，竟然想轉職。

但同時，直哉也察覺到了。

這些是小事。可是自己也的確心有不滿，就連這些小事都使自己想要轉職。

未谷千晴

「眞的嗎！非常謝謝你！」

千晴高興得在電話中大叫，令電話那頭困惑地說「簡直像是未谷小姐自己拿到內定了」。對方是電商公司的人事部職員。

「來栖先生！宇佐美由夏小姐拿到內定了！」

掛掉電話後飛奔到來栖身旁，不過來栖只是淡淡回答「這樣啊，太好了」令千晴差點當場摔一跤。以爲他沒有聽到，就試著再說一次。

「宇佐美小姐拿到內……」

「我不是說了『太好了』？重新出發後已經被十間公司回絕，本來想說差不多該灰心放棄了。」

來栖視線始終盯著電腦，膝蓋上坐著牧羊人職涯的看板貓珍珠。

從旁邊的座位看到整個過程的廣澤大笑著說「來栖眞是冷淡」。

「畢竟是未谷第一次負責的求職者得到內定，你也替人家開心一下。」

「所以我不就說『太好了』嗎。」

「既然要彼此分享喜悅，好歹也要來個擊掌吧！」

不，我沒有想要擊掌。不知道是不是察覺到千晴的內心話，來栖小哼了一聲，繼續撫摸蜷縮在腿上的珍珠耳後。

「趕快聯絡宇佐美小姐，也順便告訴她回覆期限。到內定前的各種事項都交給妳辦了。」

這些事情可以一個人處理吧？對著來栖的這種表情，千晴大大地點頭。

先向求職者確認是否要進入這間公司，再將意願轉達給錄取求職者的企業。雖然還有決定第一天上班的時間等瑣碎的工作，但只要順利進入公司，那麼負責的業務就會向企業收取介紹費。至此，轉職仲介的工作就全部完成了。

透過電話告訴宇佐美內定的事情後，她二話不說就答應了。在應徵數間公司後後才終於找到這間電商公司的企劃職位。宇佐美幹勁十足地回答「我絕對要在這間公司工作」。她甚至豪邁地表示「就算從明天開始上班也是可以的喔！」千晴只得先寄信向她通知之後的流程，並同時把資訊分享給負責那間企業的業務。

「未谷小姐。」

正當千晴鬆了一口氣，來栖看準時機叫她一聲。他不知爲何背上通勤用的背包，然後把珍珠抱到廣澤的桌子上。如果來栖在辦公室，珍珠一定會在他的周圍轉來轉去；而把珍珠抱到廣澤那邊，就是他要外出的信號。

「去吃午餐了。」

來栖拄著一根木頭拐杖，稍微拖著左腳走過千晴眼前。

「……咦？」

聲音比想像的更大聲，也傳到來栖耳中。

「所以我說去吃午餐了。」

雖然千晴有聽到隔壁座位的廣澤忍不住笑出來的聲音，但她顧不得轉頭說話了，立刻拎起包包，追上把千晴拋在身後的來栖。雖然遠遠傳來廣澤「要加油喔！」的鼓勵，可是千晴也不知道要加油些什麼。

電梯門敞開著，來栖在裡面等候。千晴一邊說著「讓你久等了！」一邊跑進電梯，而他則一言不發按下一樓的按鈕。

「請問，我是不是搞砸什麼了？」

看著來栖手邊如天然礦石般雕上美麗花紋的枴杖握柄，千晴戰戰兢兢地問。

「爲什麼這麼想？」

「因爲……根據經驗，會突然被主管叫出去都是犯錯的時候。」

「眞想看看妳前主管長什麼樣子。」

電梯抵達一樓。來栖用難以窺探其眞正意思的表情回頭望了千晴，接著又默不作聲地往新宿站走去。喀搭，喀搭，拐杖敲出單調的聲音。即使在七月的酷暑中，來栖的拐杖所敲出的聲音還是那麼冰冷。

拄著拐杖的他腳步緩慢，一不留神就會超過他。千晴趕緊縮小步伐，與他並肩走在一起。都不說話也挺奇怪的，於是千晴隨口說了些「今天好熱」之類不足掛齒的事。不出所料，來栖的回答都很冷淡。

來栖要去的地方是一間離新宿站有些距離的咖啡廳。從大路轉進一條巷子後，便能看見這間有些昏暗，位在半地下的店。明明是午餐時段，但幾乎沒有客人。

「等一下要跟某個人碰面，妳坐這。」

對著原本要坐在對面的千晴，來栖指了指自己旁邊的座位。換個位子後，千晴詢問「某個人是指？」。

「是求職者。對方說夜晚跟週六日可能會突然有工作，所以想在中午休息時間面談。」

「……爲什麼不事先告訴我呢？」

來栖對千晴的抗議充耳不聞，只是攤開菜單，把手放在下巴上思考要點什麼。

「請細心注意這個求職者。他跟未谷小姐頗爲相像。」

這是什麼意思？才想這麼問，來栖便轉而確認手錶的時間。於此同時，店裡走進一位年輕男性。喀啷喀啷！迴盪在店內的開門聲聽起來意外地大聲。

來栖撐著桌緣站起來，千晴也隨之在後，向走進來的男性彎腰致意。

「不好意思，我晚到了。」

他穿著灰色西裝，看起來與千晴差不多年紀。柔順的棕色短髮即使在略爲昏暗的店內也給人乾淨清爽的印象。他立刻拿出名片夾，與來栖交換名片。千晴也遞出自己的，並收下對方的名片。

武藏野廣告公司　第二業務局　笹川直哉

熟悉的公司名號與標誌令千晴不禁開口念出「武藏野廣告公司」。

「啊，您知道我們公司嗎？」

坐到椅子上的笹川露出白皙的牙齒，笑容相當燦爛。他的言辭爽朗又謙遜，因爲提到武藏野廣告公司，那可是足以跟一之宮企劃並駕齊驅的大型廣告代理商。

「因爲我前一份工作也是廣告代理商……」

看著笹川的笑容，千晴不小心說溜嘴。笹川也立刻回應「眞的嗎？」。

「順便請問您之前的公司是？」

「是一間叫作一之宮企劃的公司。」

「您曾經待過一之宮企劃嗎？那不是超大間的公司嗎？爲什麼您會轉職呢？」

講到這裡，笹川看了一眼來栖。像是突然想到什麼般擺出若無其事的表情說「總之請兩位先點餐」並遞出菜單。

「笹川先生，你似乎非常忙碌呢！」

「有時候晚上或週六日會臨時有工作，眞的很抱歉還請您多走一趟。」

笹川搔了搔冒汗的後腦勺，聳聳肩說道「畢竟我還只是基層」。

「我們公司就在新宿，這沒有什麼問題。武藏野廣告公司在澀谷是嗎？笹川先生時間上來得及嗎？」

「我現在是剛跑完外勤回來，今天時間稍微充裕些。總不能在公司旁邊與轉職仲介進行面談。」

店員前來詢問「您決定好要點什麼了嗎？」。點餐後來栖從背包中取出一疊文件，一言不發地給了千晴一半。這是笹川註冊牧羊人職涯時所寫的履歷。

「時間不多，那麼就快點開始面談吧。笹川先生已經進入武藏野廣告公司這麼大的公司了，爲什麼還打算轉職呢？」

笹川喝了一口冷水，支支吾吾地說道「這個嘛……」。武藏野廣告公司是一之宮企劃的競爭對手，千晴自己也多次在競賽中與之對抗。想從這麼大間的公司跳槽離開，肯定有什麼非常重大的理由。

沒錯，比如說──。

「因爲過了『總之先工作三年』的三年時間所以決定轉職。你的表情是這麼說的。」

來栖的話讓千晴忍不住抱頭低下去。雙肘敲到桌子上，發出鏘一聲巨大的聲響。爲什麼，爲什麼這個人總是這樣。

笹川反覆眨了幾次眼睛，「哈哈哈……」地乾笑數聲。

「我會註冊牧羊人職涯的契機，是因爲以前學生時期曾使用過的求職網站，寄來一封內容是『三年到了該轉職了』的信件。」

「那麼爲什麼不是選擇熟悉的求職網站，而是選擇我們呢？」

笹川又笑了。哈哈哈地笑。

「因爲我工作很忙，覺得請仲介幫我介紹會比較順利。而且，您不覺得很令人火大嗎？用學生時期整天煽動我們去就業的網站來轉職，有種被耍了的感覺。」

「畢竟人力介紹服務這種工作，就是以此維生的。」

來栖接著用平淡的語氣打出那套先發制人的連續技；只有二十五歲前才能去到沒有相關經驗的業界，三十五歲就是轉職年齡極限等等。千晴在旁不由得升起一股敬佩之心，他眞的對每個人都這麼說。

「話雖如此，笹川先生目前也才二十五歲，學經歷都相當傲人。若能投入轉職活動，必定有很多企業都想要你。」

千晴故作自然地翻開笹川的履歷。既然能成爲武藏野廣告公司的業務，那當然會是著名大學的校友了。履歷上寫著在高中、大學時是足球社。大學就讀的是經濟學院，曾有短期留學美國的經驗，看起來有相當水準的語學能力。

「眞的嗎？能聽到你這麼說我很高興。」

高學歷、參加過運動社團、大型廣告代理商的業務。外表乾脆俐落、活力十足的年輕男性。的確，這樣不管去到哪間公司面試都能給人留下好印象。

他本身就體現了企業所追求的「年輕人形象」。

「好不容易才進入武藏野廣告公司，跳槽眞的沒關係嗎？」

在來栖發問的同時，店員端著一個大托盤前來送餐。店員在笹川面前放上蛋包飯，在千晴與來栖面前則放上拿坡里義大利麵。料理精美地擺放在泛出銀色光澤的餐盤上，與店內復古的氣氛頗爲匹配，看起來相當美味。

「時間不多，邊吃邊談吧！」來栖拿起叉子，不過笹川好一段時間都只是用奇妙的表情凝視著蛋包飯上鮮紅色的番茄醬。

「我確實覺得很可惜。畢竟這麼辛苦才好不容易進入這麼好的公司。」

來栖用叉子捲起麵條正準備塞進口中，笹川仍繼續小聲說著。

「我喜歡廣告工作，也覺得頗有成就感。不過該怎麼說，我不太滿意現在公司的考績制度……始終覺得自己的表現沒有得到適當的評價。」

「所以想要去能夠對自己的工作成果給出適當評價的公司？」

來栖打斷吞吞吐吐的笹川，說出他沒講完的話。

「會不會……太天眞了？我在網路上查了很多資料，不少意見都提到『在跳槽前最好先跟目前的職場好好溝通』之類的。」

笹川稍微皺起眉頭，用大支湯匙把蛋包飯塞進嘴裡，可是入口的瞬間不知爲何露出相當疑惑的表情。來栖若無其事地繼續說下去。

「對自己的勞動尋求合理的評價及報酬是理所當然的事。如果公司的考績制度能夠反映員工意見，那麼表達自己的不滿也是可行的，但畢竟不是所有企業都是如此。」

「沒錯吧！我們公司該說是沒有那樣的風氣嗎？總之上面的意見是絕對的，公司內也非常重視上下關係。像我這樣的年輕職員想提出不滿實在有點困難。」

千晴有預感來栖會用他的毒舌打擊笹川想轉職的意志，於是連忙用積極的語氣把話接下去：

「既然如此，我們這邊會幫您篩選人事考績制度淸楚明瞭的企業。」她戰戰兢兢地看向來栖，但只見他面無表情地繼續吃著義大利麵。

「如未谷所說，我們會注意考績制度並將適合的公司介紹給你。你還是希望跳槽去跟現在一樣的廣告業界嗎？」

「是的，因爲我還有很多事情想在這個業界完成。」

雙方一邊用餐一邊討論年薪與工作地點等詳細條件。之後趕著回公司的笹川向兩人鞠躬，「今後就再麻煩你們了！」說完便匆匆忙忙離開店裡。

「原來是武藏野廣告公司的人，這個求職者跟我很像呢！」

年齡相近，進公司三年左右準備轉職，而且還是業務。面談過程中還提到他也是住在老家的獨生子，就連這點也與千晴一樣。

「身爲曾經同在廣告業界的人，未谷小姐怎麼想？」

就算你這麼問……千晴輕聲回答，同時將冷掉的義大利麵送進嘴裡。

「武藏野廣告公司在業界內是著名地嚴格，整體風氣就像體育社團一樣重視服從與權威，所以我很了解笹川先生的心情。」

「就連未谷小姐都這麼說，想必眞的很難熬吧！」

這算是諷刺還是挖苦呢？用紙巾擦拭嘴巴的來栖無視一旁的千晴，臉上的表情沉了下來。

「妳不覺得他很像在建立自己的人設嗎？」

「建立人設？」

「感覺就像在扮演一個很受職場上高層的大叔們喜愛，充滿活力、聽話又爽朗的典型年輕人。這種人能輕鬆通過面試，但當他越來越難保持這個做出來的人設時，公司就會成爲他的地獄。」

自己身上也發生過一樣的事，因此千晴一時之間甚至未能點頭附和。當年千晴求職時，包含她在內的任何人也都是像這樣拚命表現出求職網或求職書上所寫的那種「能在面試給人留下好印象的學生形象」。不需要「原本的自己」，需要的只有「能透過好印象獲得內定的某個誰」。

「來栖先生過去也看過很多像這樣的轉職者嗎？」

「數都數不清，到最後我都放棄去數了。」

雙手交叉小嘆一口氣的來栖瞄到千晴的手。不知爲何他對著義大利麵的空盤苦笑起來。

「眞的是不太好吃啊！」

他小聲說著。

「我偶爾會來這裡吃飯，明明每次都點不一樣的餐點，但不管哪一道都不怎麼好吃。」

「……是這樣嗎？」

千晴偷瞄收銀台裡面，店員正觀看著放在角落的電視，似乎沒有聽到千晴他們的談話。

「未谷小姐沒發現嗎？笹川先生吃了一口就露出詫異的表情了。」

原來那疑惑的臉是因爲東西不好吃。餐點的外觀看起來就跟昔日的咖啡廳料理沒有什麼不同的，才會因此對期待和現實的落差感到失望吧。

「我的味覺挺遲鈍的，所以『好吃』的門檻很低。」

千晴嘗試用手機搜尋店名，最先跳出來的是食評網站。評價是2.25星。2.25這麼低分的感覺還是第一次看到。

「星數這麼低，應該沒辦法期待能有多好吃吧……！」

「未谷小姐會看食評網站挑店家啊。」

「身爲前廣告代理商的員工這麼說也滿奇怪的，但你不認爲比起廣告宣傳上的『很好吃』，實際去過的人的『很好吃』更值得信任嗎？尤其最近社會似乎更重視一般人的評價，而不是露骨的廣告宣傳。」

「在相信素不相識的人這點上，不管哪一種我認爲都一樣。」

「可是如果相信評價去吃飯，萬一發現是間不好吃的店，不就有種『因爲大家都說好吃，所以我來這裡吃也是理所當然的』感覺，進而看開一點嗎？」

相信自己的直覺卻失敗會感到失望，但如果是遵從其他大多數人的評價而產生的結果，就會覺得這也是沒辦法的事。

然而來栖看起來並不這麼想。

「這就像是被人指著鼻子說『你是沒辦法自己做選擇的蠢貨』，我很討厭這種感覺。」

「那麼來栖先生都不會去看食評網站或別人的感想嗎？」

「我都憑直覺選店，只是不知道爲什麼時常選到不怎麼好吃的店，就像這間。」

來栖歪著頭露出想不通爲什麼的表情，千晴則一臉訝異地發出驚嘆聲。

「這樣不是更應該多看看別人的評價嗎？而且既然知道不好吃了，爲什麼還要來這麼多次？」

「這種失敗就甘願一點，自己默默接受吧。而且我也期待說不定哪天就會端出好吃的料理。」

確認時間後，來栖站起身提醒千晴「差不多該走了」。看著正在結帳的來栖，千晴暗自做出結論。這個人一定是因爲心有餘裕——畢竟他有著魔王這麼強勢的綽號，也能對第一次見面的求職者吐出尖銳的話語，正因爲他有這樣苛烈的性格，才有辦法那麼想。

回到辦公室，廣澤立刻湊上來問「未谷，來栖精挑細選的難吃店家感覺怎麼樣呀？」。這麼看來，來栖討厭食評網站（還有選中難吃店家的特技）已經是牧羊人職涯衆所皆知的事。

「我可不是刻意選難吃的店去吃飯的。」

來栖輕瞪一眼廣澤和千晴，便回到下午的工作中。

◇　◇　◇

「未谷，還不回去嗎？」

八點過後，廣澤看準了時間詢問千晴。牧羊人職涯平日的面談時間是到晚上八點，因此大多數員工都已經完成今天的工作，正準備收拾回家。

「因爲有個預約面談的求職者工作還沒結束，現在還沒來。」

「是中午說的那個武藏野廣告公司的男生？」

才剛剛將徵才資訊介紹給前幾天面談的笹川，他便立刻寄來一封希望能談一談的信件。

而且不是跟來栖，而是想跟千晴商量私事。

「不知道私事是想說些什麼呢。來栖你也一同出席吧？」

廣澤旋轉椅子一圈並看向來栖。珍珠靠近直視著電腦螢幕的他，正準備躺到鍵盤上。

「對方似乎沒有要找我，應該是有什麼話想單獨跟未谷小姐聊聊吧！」

來栖抱起珍珠，放到廣澤的桌子上。像要抓住珍珠般抱起膝蓋的廣澤調皮地笑著說「來栖好冷淡喔」。

這時工作用的手機響起，打來的是笹川。響一聲後按下通話鍵，電話那頭便大喊「我到新宿站了！」，聽起來氣喘吁吁的。從背後的雜音可以知道他正在車站的人群中奔跑。

從車站到牧羊人職涯走路需要五分鐘，然而笹川才一分鐘就到了。千晴帶著上氣不接下氣的他來到面談區，並端上冰涼的麥茶。

「不好意思！因爲主管突然打槍原定明天要交付的設計，所以我跟設計的人從今天早上一直忙到剛剛才修改完……我本來都做好熬夜的心理準備了，幸好後輩的設計師很努力，總算可以現在下班。」

看著滿臉疲憊卻仍然傻傻笑出聲的笹川，千晴想起過去的經驗，胸口不禁一緊。

「笹川先生，您說的私事是？」

「與其說是私事，應該說有些問題想請問同樣在廣告業界待過的未谷小姐。」

調整好氣息的笹川正襟危坐地看著千晴。

「請容我坦白地詢問。如果不方便說的話不回答我也沒關係……未谷小姐爲什麼辭去一之宮企劃的工作？」

他果然要問這個。收到信時，就有預感他會問這個問題了。

「正因爲是競爭對手我才了解，辭掉一之宮企劃是多麼可惜的事。在那裡就可以完成許多大案子，應該會很有成就感才是。」

「雖然公司的確很常接到許多規模較大的工作，但對我來說有點太過繁重了。」

即使沒將搞壞身體的事情說出口，笹川也似乎領會了這點。「我們也差不多，但畢竟一之宮企劃也是相當有名的公司」苦笑浮現在他臉上。

「然後就是職場的人際關係……這部分也發生很多問題。」

「意思是跟主管處不來嗎？還是跟同事呢？」

面對笹川的積極詢問，千晴不由得後仰身子。附有滾輪的椅子發出刺耳的尖銳聲響，稍微後退了幾寸。

「是的，主要是跟當時的主管有些問題。」

「果然未谷小姐也是這樣。是像廣告代理商中常見的那種喜歡動用權威的職權騷擾系主管嗎？」

笹川一邊說一邊露出燦爛的笑容，那表情就好像在街道上迷路時看到認識的人一樣。原來這個人也是。來栖說笹川很像千晴的那句話迴響在耳中，就像火焰悶燒一般。

「我在之前的面談裡說對考績制度有所不滿，其實簡單講就是不管做什麼都會被嫌棄。上面的人好像都認爲稱讚年輕人會讓他們得意忘形而變得疏忽努力。」

從他的嘴裡連珠砲般地吐出各種抱怨，千晴只能默默點頭。

「我的主管眞的很過分，平時會丟一堆不合理的困難工作給我，眞的完成後卻又從來不會給我一些讚賞。不知道他是不是覺得自己是個有人望又受人崇敬的理想領導者，三不五時就擺出一副『你也要努力變得跟我一樣』的表情來說教。就算年輕世代拚命獲得新案子，也只會說『別以爲拿到這種小案子就可以囂張了』。他明明從來不自己去拓展業務，只是繼承之前的負責人所留下的客戶才能拿到那些大案子而已。」

雖然語氣跟面談時同樣彬彬有禮，但一字一句都漸漸顯露出他的焦躁與不安。那張爽朗有活力的年輕人面具一片一片剝落下來，最終現身的是一個會適度發牢騷、會適度記仇，但也努力工作，與現在年齡相稱的普通青年。

「像這樣說出口才眞的感覺到這實在不是一個值得待下去的職場啊！我是不是該快點跳槽呢？」這個人現在，希望我跟他說「我覺得您轉職比較好」。

他的心裡一定是覺得「就這點程度的事眞的可以轉職嗎？」。爲了斬斷自己的迷惘，才希望千晴對他說「你應該轉職」。

跟宇佐美一樣，也跟進行轉職活動時的千晴一樣。期待有人可以告訴我們正確答案。在那時的來栖眼中，千晴看起來也是這樣嗎？

「笹川先生應不應該轉職，只有笹川先生自己知道。」

對不起，千晴低下頭道歉。笹川立刻搖頭回答「別這麼說，反倒我只是一股腦抱怨，眞的很不好意思」。他不斷地搖頭，表情又回到當初第一次見面時那個爽朗的優秀青年。

「我們有寄給您幾件徵才資訊，您覺得怎麼樣？」

「雖然的確是廣告工作，不過在網路上查了相關的資訊，評價似乎都不是很好。」

「網路是指轉職評論網站嗎？」

千晴在牧羊人職涯工作超過三個月了，曾看過幾位求職者會對介紹給他們的徵才企業感到疑慮，前來討論「可是我在評論網站上看到人家說那是黑心公司……」。看來笹川也不例外。

「因爲我覺得實際在裡面工作過的經驗還是比較有參考價値。」

結果之後就沒再說些多重要的話題。明明沒討論出個答案，但笹川也只是說句「回去後我會再想看看」便離開了。時間來到十點，牧羊人職涯的入口回歸寧靜。

「妳還陪他眞久啊。」

本來以爲辦公室已經沒人了，但來栖仍然坐在窗邊的位子上敲打著鍵盤。從悠哉的打字速度可以知道，他現在不是在處理多麼緊急的工作。

「來栖先生是在等我結束面談嗎？」

看到轉過頭來的來栖臉上的表情，千晴知道絕對不是那樣。

「我得負責指導妳，以常識來說我能丟下妳不管自己回去嗎？」

「這眞是……對不起了。」

來栖一副等得不耐煩的樣子開始收拾東西準備回家。千晴也急忙把隨身物品塞回包包中，打算在前往車站的路上將笹川的情況報告給來栖。

「吃完飯再回去吧！妳挑一間店。」

離開大樓正要走向新宿站時，來栖冷不防說了這句話。

「咦！眞的要吃嗎？」

「如果妳沒有要報告笹川直哉的情況，那不去吃也罷。」

「我去我去，不如說請讓我與你商量。」

即使過了十點，夜晚的新宿依舊熱鬧非凡。雖說餐飲店是應有盡有，可以任意挑選，但千晴平時晚上也不會四處去閒晃喝酒，所以臨時想不出這時候有哪間不錯的店可以去。正準備打開食評網站查詢，卻又慌張地塞回包包裡。

「來栖先生，就算隨便挑到的店不好吃，你也不會有怨言吧？」

千晴謹愼起見向來栖確認，來栖像要接受挑戰般回了句「當然」。喀咚！拐杖的前端敲在柏油路面上。在七月潮濕悶熱的夜晚中，這聲音聽起來格外清涼。

「好，那就這間店。」

轉過街角，千晴指著最先映入眼簾的一間店。仔細確認店名，這是一間餃子專賣店。如他自己所說，來栖沒有提到任何意見便走進店內。像是爲了抵抗熱帶夜的炎熱，店內冷氣開得頗爲強勁，不過令人意外的是沒有什麼人入座，店員很快就來幫忙帶位。

「未谷小姐有不喜歡吃的食物嗎？」

剛坐下來，來栖立刻就翻開菜單詢問。

「沒有放香菜的話什麼都可以。」

「眞巧，我也討厭香菜。」

來栖叫住走過的店員並隨意點了幾道餐點，最後問千晴「飲料呢？」。他的表情似乎在說，卽使問妳要吃什麼反正也只會回答「什麼都可以」，所以我就自己點了。

店員端來兩杯滿滿冰塊的烏龍茶。千晴故作自然地舉起自己的杯子說道「工作辛苦了」，意外的是來栖也舉起杯子乾杯。千晴感覺直到這一刻，才終於第一次和這個人擁有像是工作夥伴的交流。

「來栖先生不喝酒嗎？」

「腳變成這樣後就沒喝過了。」

啊——問錯問題了！完全搞砸了！千晴不知道怎麼回應。

「別僵在那，我也沒有刻意在隱瞞腳的事情。」

來栖說得好像事不關己，只是用指尖輕推靠在桌邊的枴杖握柄。

「二十六歲的時候碰上意外，從此不便行走。雖然沒有拐杖的話姑且還是能走路，但無法跑步了。」

由於來栖若無其事地述說著過往，反而讓千晴更不知道該以什麼表情面對他。

「想在這話題裡回答一些足夠體面的話我想應該是很困難，我勸妳還是換個話題吧。」

「謝謝你的體貼。」

感覺自己的說法好像在對來栖嘔氣，千晴為了擺脫這種尷尬一口氣喝了半杯烏龍茶。跟笹川講了一個小時以上的話，早就覺得渴了。

「笹川先生好像還沒決定到底要不要轉職。之所以註冊牧羊人職涯，比較主要的原因還是因為想發洩跟主管合不來的鬱悶。我的感覺是比起什麼考績制度，他更只是因為討厭主管所以才想辭職。」

「妳不愧是看人臉色的高手，分析得相當透澈呢。」

「……謝謝。」

就說你為什麼每次都要多嘴一句呢？魔王大人。

「未谷小姐在我們這邊也工作超過三個月了，應該了解會來求助轉職仲介的求職者，頂多只有一半具備堅決要轉職的意向，剩下的都是嘴上說得好聽，但實際上猶豫不決的人。很多人都是在與CA面談的過程中，或是看到我們推薦的徵才企業後才下定決心要轉職的。」

「從我們轉職仲介的角度來說，應該是要盡量勸對方轉職，才能從中收取介紹費……不這麼做是沒辦法經營下去的，對吧？」

與千晴面談時來栖也曾這麼說過，仲介的薪水來自徵才的企業所支付的介紹費，而若求職者遲遲無法決定是否轉職，那轉職仲介這門生意將無法成立。正因如此，某些仲介有時候會無視求職者的期望，強行推薦一些不符條件的企業。

「然而來栖先生卻會故意說些讓對方打消主意……讓對方不再想轉職的話，這是爲什麼呢？」

千晴說完這句話的同時，店員端來了餃子。煎餃、海鮮餃、還有裡面不知道包了什麼的每日餃子。

「雖然就結果來說宇佐美小姐還是轉職了，而且被拒絕內定的寺田軟體也讓其他人補上。當初要是讓我進去吉福斯設計，不也會成爲來栖先生的業績嗎？」

「我只是不想『貪便宜反吃虧』而已。」

來栖乾脆地回答，並將煎餃吃進嘴裡。

「讓我進去吉福斯算是『貪便宜』嗎？」

「這不是事實嗎？就算進了吉福斯，反正妳差不多三年後又會因爲健康惡化而離職，這樣對方人事部就會來訴苦說『好不容易中途錄取的人才三年就跑了』，說不定下一次就不委託牧羊人職涯了。」

千晴無法反駁，只能默默地用筷子夾起每日餃子咬了一口。從酥香的餃子皮中溢出鮮美的肉汁，選到這間店眞的可以說是中獎了。

「未谷小姐似乎有挑中好店的直覺呢。」

來栖看起來也想著同一件事。「那眞是太好了」千晴把每日餃子的盤子推向來栖。

「關於笹川直哉，今天在那個場合，你必須建議他『你應該轉職』，那才是身爲一名職涯顧問應該做的事，不然我們要賺什麼呢？」

「請等一下，來栖先生。我跟笹川先生的面談你聽得一淸二楚嘛，你是站在附近偸聽嗎？」

「畢竟我是你的指導員啊。」

來栖不懷好意地笑起來，千晴終於放棄忍耐，大大地嘆了一口氣。如果你在聽，至少也給個建議吧！

「但是，我覺得來栖先生絕對不會像那樣要對方轉職。」

「當然，我不會那樣講。憑什麼我得爲了一個無法自己做決定的人去幫他選擇往後的人生呢。」

來栖取出手機並打開轉職評論網站給千晴看。上面除了員工的文字評論外，還可以在「工作環境」、「人際關係」等項目上以星數的方式打分，這令千晴目瞪口呆，其中甚至還有「黑心企業指數」這種項目。

「餐飲店也就罷了，連轉職都要指望評論網站上那些陌生人的意見也未免太荒唐。你以爲你的未來只要看看評論網站，人家就會幫你打分數嗎？」

我撤回前言。幸好這個人沒有出席面談，不然他一定會對著笹川本人講出現在這一番話。

「大家都想要正確答案。人生有那麼多選項，沒有人知道選什麼才好，也總有種一旦失敗就完蛋的感覺。大家都希望有人可以告訴自己正確答案。說轉職仲介不見得會站在求職者立場的，不正是來栖先生嗎？求職者會想參考網路的意見也是情有可原的。」

即便只是挑一間餐廳，對選擇的人來說也是很辛苦的。既然都要付錢，當然就想吃到美味的料理。就因爲難以只憑自己的判斷選擇，所以才想依靠他人，依靠某人打出來的分數。說到轉職那更是如此。

「我當時會決定進入一之宮企劃，也是因爲那裡是取得內定的公司中最大的公司，會有很多人爲我感到開心。想著既然別人會感到欣喜，那一定就是正確答案。」

自己是如此，宇佐美、笹川也是如此。雖然心裡知道做決定的是自己，但還是想要其他人的意見。收集越多的意見，壓在自己肩上的責任就越少，不安也隨之漸漸消失。可以有藉口說「因爲大家都說這樣最好啊」。

可以對自己的人生找藉口。

「不過我想笹川先生比我好一點，他至少還能清楚認識到自己不受待見的環境有多麼糟糕。」

「妳認爲得不到讚賞是因爲自己做得不夠好，沒錯吧？」

沒錯。完全無法反駁。就是這樣。

「吶，這每日餃子，包了香菜吧？」

將每日餃子吃進嘴裡的來栖，突然露出非常訝異的表情，甚至在眉毛間擠出深邃的皺紋。

「……什麼？」

千晴咬開剩下的每日餃子確認裡面的餡料，裡面包了滿滿的香菜來代替韭菜。吃下第一口的時候不太在意的刺激味道，這時從餃子的截面散發出來。

「這……有包呢。」

「未谷小姐，妳都吃兩顆了卻沒發現嗎？」

「不好意思，我光顧著說話都完全沒注意到。」

「味道這麼重，竟然還沒發現嗎？」

來栖的聲音稍微尖了些。這是第一次看到他這麼不知所措，千晴趕緊用雙手遮住自己的嘴巴。

不知道是不是以為千晴在憋笑，來栖心情不悅地哼了一聲。

笹川直哉

「這樣感覺不錯，就像充滿幹勁的開朗年輕人。」

負責扮演面試官的CA來栖稍帶諷刺地評價剛剛結束模擬面試的直哉。

不，何止是「稍帶」，現在這絕對是刻意在諷刺。在來栖旁邊操作錄影機的未谷低著頭悄悄壓著自己的眉心。

「這樣啊……謝謝你。」

明明裝作自己很遲鈍了，但來栖卻毫不客氣地接著說。

「若扮演的是服從又有活力，而且還擅長交際、溝通的小伙子角色，那笹川先生的評價肯定是5顆星滿分。如果要維持那個角色形象繼續工作，那現在這樣子最完美了。」

這大概是在挖苦我以轉職評論網站的評價為由拒絕了好幾件工作職缺吧。

以面談為名義和未谷聊了一些個人內心話的幾天後，牧羊人職涯寄來幾件新的徵才資訊。其中來栖跟未谷最推薦的是以網路廣告事業為核心的「賽門連結」這家廣告代理商。賽門連結是國內網路廣告市場的領頭羊，在業界非常出名。

對方徵的是企劃與行銷部門人員，年薪也比現在好。公司裡年輕職員多，風氣開放，據說考績制度也相當公平且公正（而且評論網站上的評價也很高），所以我決定接受文件審查。

事情比預想的還要順利，很快就來到了面試這一關，因此才像這樣在平日的夜裡進行模擬面試。面試的日期是明天。對方的人事負責人聽聞直哉還有現職，就幫忙將面試訂在晚上七點。除了人事部之外，現場經理似乎也會出席。

「這表示對方也在某種程度上『想要』笹川先生」來栖在模擬面試前這樣解釋。雖然自己也覺得自己是否單純了點，但這個評價還是令人高興到在面試當天請了半天的假。

面試早在學生時期就做過好幾次了，也有自己的一套方法；面試時需要的不是展露眞實的自己，而是扮演對方最可能想要的人才。

如果展現眞實自我就能被錄取，那大家都不用這麼辛苦了。這種事來栖也明白才是。這個人應該也是在學生時期闖過慘烈的就業戰爭才成爲社會人士的。

究竟爲什麼，上個世代的人會在我們身上追求他們自己也沒能做到的事。還是說，他們早就把沒能做到的自己忘得一乾二淨了？

「這個嘛，因爲我在目前的公司，也只有『元氣直率年輕人』這點有獲得賞識而已。」

哈哈哈，試著笑出聲。狹窄的面談室裡只有桌椅，氣氛還是一樣沉重。

「那是你周遭人所給的評價吧？你又會怎麼評價你自己呢？你不正是因爲自己沒能獲得適當的評價而感到不滿，所以才決定轉職的嗎？」

來栖挺著一柄尖銳的長槍，刺進現在的直哉最脆弱、最不想被人提及的痛處。刺進去、刺進去，劃出一道道淺傷……然後刺出致命一擊。

「其實你的心裡某處也覺得自己根本就沒什麼值得別人稱讚的地方吧？雖然對如今的公司有所不滿，但同時質疑自己就算去到其他公司，也不見得可以好好做下去。」

未谷的動作比直哉露出客套的笑容更快，她先是老實地向來栖道歉後，再一腳踩在他的左腳上。「好痛！」來栖大叫一聲。

「我說啊，我的左腳雖然不便，可不是沒有痛覺啊？」

「所以我不是先道歉了嗎？」

再次轉頭朝向直哉的未谷深深地低下頭。

「總之來栖想表達的是……與其扮演模範好青年，再多展現一部分真實的自己來面試或許會更好。」

沒錯吧？未谷看向來栖。他只是神情不悅地吐出一句「想說得委婉一點原來該這樣說」。

「若正式面試時也像剛才那樣應對，我想應該是不會得到負面評價。進入公司後笹川先生的工作方式，或者說你想要表現出什麼樣的性格，那才是問題所在。」

直哉暫且思索了一會，想看看自己有沒有什麼話可以反駁這個笑起來比他所謂「充滿幹勁的開朗年輕人」還要虛偽的來栖。

但什麼也想不到。

如果要對我打分數，那我能拿到幾顆星呢？嘴上說著「沒有得到適當的評價」，但實際上只是想逃離討厭的主管，難道就沒有人對這樣的我做出評價嗎？就為了我，不管幾顆星都好，希望有人可以打上我的分數。

只要知道自己的星數夠多，就能帶著自信轉職，因為我終於獲得確實的證據，了解自己去到哪間公司都能繼續做下去。然而現實終究沒有評論網站這麼簡單。

◇　◇　◇

外出時剛好看到電視上曾介紹過的洋菓子店，於是請店家包了一份伴手禮。這份禮物是要送給設計團隊的謝禮跟賠禮，畢竟一直到前幾天都還因為上面的指示勉強他們多次修改設計。將禮物送到設計部後下午便請假，晚上就是面試了。直哉準備在咖啡廳打發時間，練習面試問答直到最後一刻。

才剛提著紙袋回到第二業務局的辦公室，「喂！笹川！」西田的吼聲立刻傳到耳邊。

又出問題了。直哉的直覺這麼認為。他將伴手禮放在自己的桌上，然後飛奔到西田旁邊。

「請問發生什麼事了？」

西田電話正講到一半。話機上的保留鍵閃爍著紅燈。

「這是怎麼一回事？要給光友製藥的傳單我不是叫你修改嗎？完全沒修到啊！」

什麼？直哉都還沒出聲，西田就按下保留鍵。對方似乎是光友製藥的負責人。西田不斷賠禮道歉，反覆說著「我會立刻叫他們修正」。

在多次應酬中，西田得到光友製藥的山邊部長大力讚賞，才得以接下今年夏天準備要發售的體香劑新產品的所有廣告業務。作爲推銷活動的一環，公司決定贊助給有許多年輕人參加的音樂祭，並在現場發放試用品。接下案子的西田，把進度管理交給了直哉——或者說，是全都推給他處理。

傳單會在音樂祭會場與試用品一起發出去。由於音樂祭就在這個週末，傳單本身的校訂與印刷都已經完成了。

「請轉告山邊部長我們會處理好的，請他不要擔心」掛掉電話的西田態度驟變，剛才還客客氣氣的他將傳單猛然砸到直哉身上。

「你在幹什麼啊！」

A4大小的紙張砸到直哉胸口後掉到腳邊。雖然就只是這樣，直哉卻覺得紙張的邊緣割開了滿是汗水的襯衫，在皮膚上劃出好幾道傷口。

「請問是哪裡出了問題？」

直哉撿起傳單，戰戰兢兢地看著。西田指著傳單背面的某個點，以極其不耐煩的口氣解釋。

在宣傳體香劑效果的說明中，有一句話的表達可能有違反藥機法（醫藥品醫療機器等法）。雖然設置於會場攤位的所有佈置、海報、產品包裝等等全都已經替換成修正好的文章，唯獨傳單沒有修正到。光友製藥的負責人事到如今才發現這一點。

「你應該知道光友製藥是多麼重要的客戶吧，怎麼會搞出這種新人會犯的錯？你來公司都幾年了。」

西田的口氣越來越強硬。辦公室鴉雀無聲。同事們全都像是屏著呼吸般一邊工作，一邊仔細聽著兩人之間的對話。

又來了……又來了，西田輕頂直哉的胸口。用那偌大的拳頭，兩次，三次。直哉感到呼吸越來越困難。

直哉記得確實曾經修改過說明文。那是前往牧羊人職涯找未谷商量的前一天。

原本要交付給光友製藥的設計稿突然被西田打槍，要求重新修改，於此同時光友製藥那邊也傳來「這樣可能會違反藥機法」的修正指示。因爲西田說「給我在今天辦好」，所以直哉拚命向設計團隊道歉，並請他們盡快完成作業。恐怕就是在這手忙腳亂的時候忘記替換文章吧。

對了，那時候直哉正準備檢查有沒有忘記修正的地方，可是西田拋下一句「別拖拖拉拉的」就把設計稿拿走並交給光友製藥。因爲我等一下要去見山邊部長，所以我直接拿過去——他是這麼說的。

搞什麼啊。

「喂！笹川！別呆站在那，去叫設計團隊重新改過，讓他們優先處理這個。眞是，你們每一個人做事都慢吞吞的。」

西田邊說邊參雜嘖嘖聲，直哉只能點頭應好回到自己的座位。

搞什麼啊！搞什麼搞什麼啊！不都是因爲你整天只想討好客戶才搞成這樣嗎？直哉喃喃碎念著，並撥了設計團隊辦公室的內線號碼。

「——我是第二業務局的笹川，還請上岡小姐接電話。」

直哉呼叫了雖然年輕，但一手負起這個案子的女性設計師。然而響了幾聲後，接起電話的是她的主管。

「不好意思，我們上岡今天請假。」

「是這樣嗎！其實明天要交貨的傳單發現有錯，這邊希望你們可以火速完成修正……」

「上岡她病倒了。」

聽筒傳來的低沉聲音令直哉懷疑自己是否聽錯。

「……什麼？」

「因爲笹川先生跟西田先生要求修正的工作量實在太多，她只能趁零碎的時間完成其他被耽誤的工作。昨天晚上她忙到人都倒下去了，所以今天讓她好好休息。」

再不講理的要求、再嚴苛的排程，這位設計師都會點頭說好。就算是那天……直哉去找未谷商量那天，她也體諒自己晚上有事，所以用最快速度協助完成了修正。

「以上是現況報告。光友製藥的案子我會接手處理，請你盡快用郵件做出指示。」

電話猛地掛斷，似乎都能聽到話機大力敲響的聲音。指示、郵件、盡快。直哉都了解，但始終無法立刻著手進行。

「笹川，設計團隊說了什麼。聯絡印刷廠準備重印了沒？快點報告狀況。我已經跟光友製藥說今天會修正好並重新交貨。」

今天修正好？又不是你在修正。你不就只是擺副架子在那出一張嘴嗎？就爲了讓你能夠討客戶歡心，你知道有多少人拚了命地在工作嗎？講什麼「叫他們修改」啊！你有這麼了不起嗎？

「笹川，去給我確認什麼時候可以弄好。」

像這樣把不合理的責任推都給別人的就是我的主管，而且他還負責審查我的升職和獎金，眞的，蠢斃了！

直哉將憤怒壓抑到心底最深處，向西田說明了現在的狀況。縱使提到設計師病倒的事，西田臉上也毫無慚愧之情，只是嘖了一聲。「最近的年輕人眞沒毅力」他口中吐出的話簡直就是惹人厭的大叔主管最經典的台詞。

直哉忍不住笑出聲來。

「喂，笹川，你在笑什麼？」

「不，沒什麼。」

笑一下有什麼關係呢。我在這間公司，在這個主管底下，好歹也努力過來了。

不用正面稱讚這傢伙的努力也無妨——這就是這間公司對我的評價。

直哉對設計團隊做出指示，然後走到辦公室外打電話給牧羊人職涯說「請讓我取消今天賽門連結的面試」。他只跟慌張的未谷簡單表明現在臨時有工作就馬上掛斷電話，因爲若對方打算說服他去面試，感覺自己會拋下一切離開公司。

◇　◇　◇

誤植的傳單有一半先留存在印刷廠，然而運氣不好的是另外一半已經跟試用品裝在一起，並送到位於三鷹的光友製藥倉庫。第二業務局的所有年輕員工都前往當地，在那裡進行把試用品套組重新拆開，再將新印好的傳單替換進去的作業。

雖然西田命令底下員工不准勞煩光友製藥的職員，但他本人卻說要去跟山邊部長道歉，從頭到尾都沒有出現在倉庫裡。

直哉請印刷廠每印好新的一批傳單就送到倉庫，自己跟同事再依序更換傳單。新進員工起初還會說「沒關係，我們習慣打雜了」，可到了深夜，大夥也漸漸不再開口聊天。

「笹川，你居然能默不吭聲地聽他講話。」

到了差不多午夜十二點，對單調作業感到厭煩的同期高橋，停下手邊工作突然迸出這句話。大概是因爲疲勞達到頂點了，直哉茫然地回答「啥？」。

「這傳單之所以會有誤植，可以說不幾乎都是西田先生的錯嗎？那個人整天在催促笹川跟設計師，我們第二的人都看在眼裡。」

對吧？高橋詢問一旁的後輩。接下來對西田等一衆主管的抱怨便像火勢一般在年輕員工間傳開來。「進度管理的那個人工作完全不行啊！」、「畢竟那個人急性子。要是他一個人處理只會各種出包」、「那個人的專長只有應酬」……大家都在忍耐。扮演一個聽話的笨蛋，只爲了不得罪冥頑不靈的大叔主管，只爲了讓主管可以享受當主管的優越感。

那些主管們會不會一輩子都不會察覺到這件事，就這樣直到年老退休？我們會不會就只能繼續面對這樣的主管？

如果今天有去面試，我每天的生活會有所改變嗎？

想跳槽的心情，一半是認眞的，但一半不是。直到今天中午前都是如此。然而取消了面試，早就過了預定時間到現在，才覺得有去面試就好了。面試了，或許我的人生會好一點也說不定。

「失去了才會發現呢！」

直哉小聲咕噥了一句。過了一段空檔，高橋才拍拍直哉的肩膀說道「笹川啊，累了就去外面呼吸新鮮空氣」。

直哉聽高橋的話，一邊轉動肩膀一邊走出倉庫。雖然時間鄰近深夜一點，但外面的空氣還是悶熱潮濕。

倉庫位在從JR三鷹站還要轉乘公車才能到達的地方。即使離都心有段距離，可夜晚的空氣仍有種溫水般不舒服的感覺。

大動作伸了個懶腰，發出「咕嗚嗚……」像是青蛙被踩扁的聲音。直哉對著被地上的燈火照成泛黃色的夜空大喊。

「啊啊啊啊，去你的！」

對這種職場，這種主管，還有自己，全都想罵去你的。

本想要再喊一聲，這時有一輛武藏野廣告公司的公務車開進倉庫的停車場。雙手拿著便利商店塑膠袋下車的，是平常總叫年輕員工去辦雜務的大宮。

「笹川，辛苦啦~我加班完特地來看你們囉！」

這麼說起來他的確是住在三鷹，似乎是順路把消夜送過來給我們。

「還有，快要十二點的時候你家有打電話來公司。」

「打電話？」

「好像是因爲手機沒接所以才打來公司，要不要回撥看看是什麼事？」

倉庫這裡的手機訊號非常差。打開手機確認，牧羊人職涯打來了五通、自家打來一通語音信箱、公司打來兩通。公司兩通好像是大宮打來的。

望著大宮進入倉庫，直哉試著聽了聽語音信箱。才剛按下播放鍵，母親便用略爲嘶啞的低沉聲音叫了自己的名字。

「直哉，剛剛有間叫作牧羊人職涯的轉職仲介打電話來。你正在進行轉職活動嗎？要辭掉工作？爸爸媽媽什麼都沒聽說啊。」

趕快回電給我們。母親帶著怒氣講完這句，留言就結束了。看起來是因爲臨時聯絡對方要取消面試，之後就來到訊號很差的倉庫，所以未谷爲了聯絡到直哉才打電話到家裡。事情演變得越來越麻煩了。

都過了半夜一點，總不能再回撥過去，直哉只好作罷並回到倉庫。本來以爲送來消夜就會離去的大宮，現在卻在幫忙工作。

當要半夜兩點時，四位設計團隊的員工開著公務車前來，其中也有上岡的主管。「眞是不好意思，我的部下造成你的麻煩了」這位主管手腳俐落地拆開包裝並更換傳單。

多虧這麼多人的協助與支持，總算在早上剛過七點時完成所有作業。直哉對著前來幫忙的員工們不斷地鞠躬道謝，甚至都因不斷低頭而感到有些暈眩。就在這時，他發現手機寄來一封信件。是來自牧羊人職涯的來栖嵐。

〈請在八點半之前過來賽門連結的總公司〉

這封信就這麼短。直哉穿過還在討論要不要去超級錢湯洗澡的年輕職員們，飛奔出工廠。

然後坐上剛好來到眼前這條道路的計程車。

幸運的是路上沒有塞車，最後在八點半前到達賽門連結的總公司。雖然費用剛好是一萬圓，但直哉不知爲何並不覺得可惜。

巨大的玻璃大樓就座落在上班族密集往來的大馬路上。在大樓的入口，站著一位拄著拐杖並散發驕慢氣質的男性，以及一位戴著眼鏡環顧四周的年輕女性。

「非常抱歉！我來晚了！」

看到直哉的未谷輕撫自己的胸口說「太好了～」。來栖則仍然面無表情。

「請、請問……雖然我來了，但是究竟要做什麼呢？」

「當然是面試啊。」

來栖在身體前喀鏘一聲敲響拐杖並繼續說。

「關於昨天笹川先生的面試，是我去下跪才得以請對方將時間更改到今天的上班時間前。」

來栖只有嘴角微微笑起，未谷則搖搖右手說「才沒有啦！」。

「雖然有在電話中與對方交涉，不過沒有眞的下跪啦！之前也說要下跪道歉結果還不是把對方哄得好好的。」

未谷氣勢洶洶地叮囑直哉「請不要被騙了」，來栖見此刻意清了清喉嚨。

「總而言之，笹川先生接下來可以去接受面試了。」

「但是我明明放你們鴿子，爲什麼……」

「我們既是將你推薦給重要的客戶，同時也是在將重要的求職者，也就是你，推薦給企業。憑自己的意志也就罷了，我可不能容忍無法尊重你的主管因一己之私而迫使你放棄面試。」

我有跟未谷小姐說辭退面試的理由嗎？我記得我只有說臨時有工作，並沒有提到都是主管造成的。

「我剛熬了一整夜都在工作，腦袋沒辦法好好思考……」

直哉仔細確認了自己的模樣。西裝外套丟在公司，襯衫鬆垮垮的，領帶也皺皺的。下巴稍微長出一點鬍鬚，大概眼睛下面也有黑眼圈。

「這樣才好。這樣在面試中才能放鬆，以最眞實的自己對答，不是嗎？」

「可是……」

「就算這次面試失敗了不也挺好的，正好可以告訴你別以爲自己可以無痛轉職。既然都是大人了，請做好會受傷的覺悟。」

來栖看了一眼手錶，接著走向大樓的入口大廳。直哉自然而然地跟上他的腳步。

「人事部在十樓。只要在櫃台告訴對方自己是來面試的，他們應該就會讓你過去。」

我們就只能幫到這了，來栖的表情像在這麼說。他指著電梯，賽門連結的員工正陸續搭乘上去。直哉差點要跟著走進去，又趕忙轉過身面向兩人。

「我只是想逃離討厭的主管。」

或許是因爲通宵熬夜，感覺喉嚨很緊，聲音相當沙啞。

「『沒有得到適當的評價』，那只不過是裝模作樣的場面話，其實我的內心只是想逃離那個明明工作也沒多能幹，卻整天對我頤指氣使的主管。」

明明滿心想逃跑，這種態度眞的能在其他公司工作下去嗎？自己也不知道自己究竟有沒有那樣的能力。

「可是經過轉職活動，然後到昨天發生了各種事，我現在懂了。我想在人格和工作能力都值得尊敬的人底下工作，想在能給我適當評價的職場工作。」

卽使留在武藏野廣告公司裡，跟西田他們作對並大聲疾呼「請多多稱讚年輕員工所完成的工作」，甚至跟他們打成平手了——但這些人終究還是要靠年輕員工的主張才懂得稱讚他人的重要性，就算得到這些人的評價，我也不會感到幸福的。

「雖然不知道能做到什麼程度，但我會加油的。」

鞠躬，然後搭上電梯。未谷雙手交握，笑著說「請加油！」。

「轉職不是在食評網站上挑餐廳。」

在電梯門關起前，來栖說了這一句話。

「別仰賴長什麼樣子都不知道的人所講的評論或打分，請用自己的眼睛觀看，用自己的腦袋判斷，並自己做出選擇。不論是下一間公司，還是你自己的能力。」

在他說完的同時，電梯門開始關上。就在門要關緊的那一瞬間，來栖的左手在胸口前比劃些什麼。一條、兩條、三條……他比出五條直線，畫出一個星形。

感覺身體突然懸空，原來是電梯正在上升。十樓快到了。直哉深吸一口氣，想起昨天晚上母親的留言。我到現在都還沒回電話給她，想必會氣個半死吧。

今天回家後就跟父母說吧。說我要轉職，要去比現在更好的公司，做更好的工作。不過在那之前，也跟西田說「我要轉職」吧！那個人會怒吼嗎？是不是又會吐出一句「這點小事就辭職的人去哪裡都行不通」這種惡劣大叔主管的經典台詞呢？

那我會怎麼回應呢。我有很多想說的事，但我對那個人也沒什麼強烈到難以割捨的情緒，足夠令我把話全都說出口。如果在此之前我曾經回嘴過，或能夠發洩自己的憤怒，會不會事情就不一樣了。

說不定跟他講我要離職，他可能會說「我一直覺得你幹得不錯啊」或是「我之所以對你嚴苛是因爲我很關心我可愛的下屬啊」之類的。我會因爲這些話心軟嗎？

不，我不需要什麼對部下的愛。我想要的只有對自己工作成果的正當評價而已。你平時怎麼不講呢？誰知道你在想什麼？你不講誰會知道啊！你怎麼會以爲不說出來也能傳達給別人啊！或許我在心裡會像這樣痛罵他一頓吧！

電梯到了十樓。走出電梯的瞬間，這個普通的辦公室卻不可思議地有著清新的香氣。

「講什麼三年啊。」

進入公司後先撐三年。三年都撐不下去的人不管去到哪裡反正都不會有出息。這種不知道哪裡的誰所講的話竟然成爲束縛自己的詛咒，突然覺得自己眞是無聊透頂。

詛咒並沒有提升我這個人的價值，也沒有爲我附加上來自他人的背書。現在站在這裡的，只有三年半來，在武藏野廣告公司不顧一切拚命工作的笹川直哉。就只有這樣。

現在就去估量自己的星數吧！直哉從鼻子吸入一大口氣，再從嘴巴吐出。

未谷千晴

「是說，那個武藏野廣告公司叫作笹川的男生，好像得到內定了對吧！」

在每週一次的分組會議中，廣澤突然想到這件事而開口詢問。「喔喔，那個放鴿子的」集合在會議室的來栖組CA們都一同露出想到那個人的表情，千晴深切感受到那是多麼大條的一件事。

「是的……順利取得賽門連結的內定了。」

由於坐在上座的來栖一言不發，所以千晴代替他報告。CA們接連投來的目光使千晴有點招架不住，視線游移。

「臨時取消面試時我本來覺得眞的沒救了。負責跑業務的橫山可氣得七竅生煙了，組長。」

廣澤調皮地笑了起來，把話題甩給來栖。其他CA也紛紛笑著抗議「我們也被掃到颱風尾了呢！」，來栖有些無奈地說「那眞是抱歉了」。

「我倒聽說有CA裝作在聽橫山抱怨，卻趁這個機會想把自己負責的求職者塞給他。」

來栖瞥向廣澤。廣澤咬著冰咖啡的吸管，故作可愛地笑了起來「嘿嘿，被發現啦？」。

「原本對方對於面試被取消頗有怨言，不過將取消的理由『因爲工作出包，他不願意拋下工作不管』告訴對方後，出乎意料地對方反而對笹川的印象更好了。」

「『比起自己要跳槽的事更優先看待現場狀況，是個有責任感的年輕人』你一定是這樣講才安撫了賽門連結的負責人吧。」

「取消面試的求職者在企業看來是什麼樣子、能呈現出什麼樣子，都憑我們的表達方式決定。話雖如此，請各位不要做相同的事。」

廣澤應聲說「好──」，其他出席的CA也都回應。千晴將來栖的話寫在筆記本上，也同樣點了點頭。這也是在告誡自己不要再碰上第二次了。

獲得賽門連結內定的笹川立刻就向主管遞出辭呈。雖然千晴暗自擔心他是否能好好辭職，不過令她驚訝的是一旦決定要前行的道路，笹川就可以輕描淡寫地把事情做到底。

「那是當然的。他早就對職場沒有什麼感情了，只是對將來感到不安才勉強把他跟原本的公司維繫在一起。」

笹川接受內定之後，來栖曾這麼說過。

如果是自己的話呢？如果自己能像笹川那樣做出選擇，是不是也能憑自己的意志辭掉一之宮企劃，然後順利跳槽呢？

自己與笹川有很多共同點。曾待在廣告代理商忙得焦頭爛額，也對喜愛職權騷擾的主管感到困擾。不僅年齡相近，也都是在進入公司約三年後走上轉職的道路。唯一不同的是，笹川能對自己的處境感到不滿並做出相應的行動，他並沒有被其他人擅自做出的評價給吞沒。

千晴想起獲得內定後特地來道謝的笹川。從他的笑容中才發現，原來未谷千晴只是想要相信自己是個「被很多人依賴、信任的優秀人才」。

過去只是爲了就業拚命裝出的「印象良好能夠獲得內定的某個人」，替換成「優秀到能夠獲得上司好評的某個人」。工作都只是爲了保護並非自己的「某個人」所呈現的形象，所以最後才自取滅亡。

來栖主持會議，CA們一一報告負責的求職者目前的狀況。千晴在旁靜靜地凝視這副情景。

有些人雖然當初是爲了累積經驗而進公司，但覺得薪水低又沒獎金，過了三十歲可能會撐不下去，所以決定要轉職。

有些人是因爲想在國外工作而選擇現在的公司，可實際的工作內容卻只是不斷翻譯文件並寄給國外的分公司。

有些人以升遷進總公司爲目標而當了十年以上的咖啡廳店長，然而無論過了多久都看不到公司有這意願，最後只能放棄。

社會上有著形形色色的求職者，每個人年齡、現在的職業、想轉職的理由、對下一份工作的期望都不盡相同，有時甚至南轅北轍。每個人都是爲了改變現在的自己、現在的生活而選擇轉職的。

「來栖，我有件事想拜託你。」

會議正要結束時，洋子看準時機走進會議室中。

「網路媒體想要採訪我們，你可以出鏡嗎？只要接受訪談就好了。」

「絕對不要。」

「拜託啦！」

「妳自己接受採訪不就好了。」

廣澤宣布「好的，定期會議結束囉」並站起來，眾人也各自散去。注視著爭執不下的來栖和洋子——千晴想著，結果我在牧羊人職涯工作的這幾個月，只是把自己不夠好的地方一項一項列成清單，卻沒能找到任何今後想要做的事。

距離和洋子約好的期限，還有七個月。

第四話

這些跟你的人生比起來都只是微不足道的小事

三十二歲／女性／教材製播公司 製作人員

未谷千晴

「請問你們這邊有位叫作來栖的職涯顧問吧?」

那天來的求職者名叫劍崎莉子,是位三十二歲的女性。事前翻閱履歷時就覺得這個人的名字聽起來尖銳有力,而實際上本人也如同其名字般給人相當堅毅的印象;高挑的身材,炯炯有神的細長眼睛,穿著純白色的西裝外套與深藍色的女用襯衫,遠遠看去就像一尊燒製完美的陶瓷器。

從她口中吐出來栖這個名字,令千晴頓時倒吸一口氣。感覺平時用來接待客人的面談區室溫眞的下降了好幾度。

「……是的,來栖確實在我們公司。」

「我這邊可以點名特定的職涯顧問嗎?」

該不會這個人憑直覺猜出千晴是見習的CA了吧?進入牧羊人職涯半年,雖說是見習,但也已經累積不少經驗。從上個月開始獲得來栖的許可,現在也很常一個人應對求職者。

「我們牧羊人職涯目前並不接受CA的指名。請問您在哪裡知道來栖的名字?」

「他是我的前男友。」

千晴原本還在想怎麼讓對方接受牧羊人職涯並非指名制這件事,但劍崎這坦率乾脆的回答打斷了千晴的思緒。劍崎直直凝視著這樣的千晴。

「……前男友。」

千晴複誦一遍，深思這個字其中的意涵。劍崎繼續解釋「我們從學生時期一直交往到二十六歲」，而千晴再重複一次「從學生時期，到二十六」。

「我能跟來栖先生見面嗎？」

明明就不是被怒罵或被斥責，但千晴仍然不自覺地抬起屁股準備站起來。「請您稍等」千晴一溜煙地逃回辦公室。

來栖似乎從早上就一直忙到現在，若不是緊盯著電腦螢幕，要不就是頻繁打電話出去，連撫腿上珍珠的空閒時間都沒有。在講完電話前，千晴始終表情僵硬地呆站在他旁邊。

「什麼事？」

即使講完電話，來栖的視線也沒有離開螢幕。

「呃……有個人自稱是，來栖先生的前女友……！」

千晴自認爲話講得很小聲，可座位在附近的廣澤卻跟著大喊「前女友？」，聲音幾乎傳遍了整個辦公室。

「什麼，前女友？來栖的前女友來了？」

聽到廣澤的叫喊，辦公室也跟著嘈雜起來。來栖停下正在打字的手，仰頭望向天花板，下個瞬間就握住靠在桌邊的拐杖。

「她問我在不在是嗎？」

千晴點點頭。來栖輕聲說道「事到如今還想幹什麼」。他講得含糊而小聲，這次除了千晴以外的人都沒有聽到。

無視周遭投來的視線，來栖逕直走向面談區，並叫上不知道自己該不該跟去的千晴說「未谷小姐怎麼可以不來」。

見到現身的來栖，劍崎的表情也沒有絲毫變化。千晴還在猶豫自己能不能坐在來栖旁邊，來栖接著一言不發指著自己隔壁的座位。

「我們公司無法指名CA喔。」

來栖平時總是將名片親自交到對方手上，但這次卻只是放在劍崎面前。

「妳是認真打算轉職嗎？還是來看笑話的？」

「如果我說是後者呢？」

「我們沒有閒到可以陪妳做些有的沒的，妳還是請回吧！」

兩個人目不轉睛地看著對方的眼睛。感覺像被夾在來栖跟劍崎之間，千晴不由得皺起眉頭。好想回去。我現在好想立刻回到自己的座位。

「開玩笑的。」

小聲嘆了一口氣，劍崎從包包裡取出手機。「我是從這裡找到你的」她將畫面轉過來給兩人看。

畫面顯示的是針對這幾年盛行的轉職風潮進行報導的網路新聞。在一眾大型轉職仲介公司的CA中，也刊登了來栖接受採訪的照片。明明其他CA都露出爽朗親切的笑容，但只有一個人明顯是皮笑肉不笑。之所以還勉強有著一抹微笑，想必是洋子所做出的指示。

一個多月前，網路媒體發來想要採訪的通知，洋子最終還是讓很不情願的來栖接受了採訪。來栖瞄了一眼報導的標題，滿臉不悅地說「所以我就說我不想出鏡嘛」。

「畢竟你辭掉之前的公司後就行蹤成謎了。你跟大學的熟人也都斷絕聯絡了吧！知道你在轉職仲介公司工作讓我嚇了一跳。」

「所以才來看我笑話？」

「幹嘛這麼說。我只是想來看看你。」

「不管怎樣，我都不想把時間浪費在沒打算轉職的人身上。」

來栖中斷談話並站起身，劍崎看起來也毫不在意，乾脆就拎起包包走向入口。正準備打開入口的門時，她忽然轉頭看向目送她離去的千晴她們。

準確來說，是看向來栖。

「你的個性倒是變得冷漠又尖酸刻薄呢！現在的工作氣氛這麼緊繃嗎？」

來栖的表情沒有變化，只是用左手握住拐杖握柄，冷淡地說「誰知道呢？」。

「雖然這很像戲劇裡前女友很愛講的老套台詞，但我比較喜歡你以前的個性。」

劍崎那細長有神的眼睛，在一瞬間看向了來栖的左腳。

「那我們當初分手是對的。」

面對用毫無感情起伏的聲音回擊的來栖，劍崎一句話也沒說，簡直就像是爲了對抗來栖而壓抑自己的情緒。她默默地轉身搭上電梯。

確認電梯下到其他樓層後，千晴「啊啊啊～」地鬆了一大口氣。垂下的肩膀感覺都快要垂到地上了。

「來栖先生，這位眞的是你的前女友嗎？」

「看起來不是嗎？」
來栖的表情也終於放鬆了一些。他不耐煩地將瀏海撩起來，神情不悅地回到辦公室。
「劍崎小姐的履歷，來栖先生你也早就看到了吧？你發現是前女友，所以才叫我一個人應對她對不對？」
都是來栖才害自己得近距離見識前任情侶之間劍拔弩張的交鋒，講幾句怨言也沒關係吧。來栖默不作聲地回到自己的座位，而千晴則感覺周圍的視線相當刺人，看得出來牧羊人職涯的員工們都興致勃勃地想聽八卦。
能打開這個局面的，當然就是那個人。
「吶，那個人眞的是你前女友？」
椅子轉了一圈，腳輪發出輕快的滾動聲，廣澤突擊到來栖的桌子旁。她的椅背撞到來栖的椅子，隨著沉悶的撞擊聲，來栖也皺起眉頭露出臭臉。在旁邊櫃子上待機的珍珠也趁勢跳到來栖腿上。
「沒錯！」
「哇，這男人爽快地承認了。」
「我又沒做出什麼虧心事。」
來栖不想理會周圍側耳傾聽的員工們，正要回到工作上，可廣澤並未放棄。
「對方是前一份工作的同事？還是在聯誼中認識的？」
「是大學同學。」

「分手原因呢？」

「個性不合。」

這是眞的嗎？可是劍崎是說「我比較喜歡你以前的個性」。以前是不是發生過什麼令來栖個性大變的事情呢？想到這裡，千晴不經意看向他的拐杖，但不知爲何卻與來栖四目相交。千晴差點叫出聲來，只能立刻移開視線。

「未谷呀，來栖的前女友是個什麼樣的人？」

大概是覺得從來栖這裡問不出更多情報，廣澤回到千晴的旁邊。往這裡探出身子的那張娃娃臉上，雙眼閃耀著好奇心的光芒。

「因爲那傢伙完全沒有正在與人交往的感覺，還以爲他是個工作狂，對愛情沒有興趣呢！」

「不過那位前女友有說只交往到二十六歲。」

「原來如此，六年前呀。是我轉職來這裡之前的事了。」

廣澤手摸摸下巴，發出「嗯——」的鼻音。千晴看著她，忽然一絲小小的疑問掠過腦中：「會不會比任何人都對劍崎的事更有興趣、更想問得一淸二楚的，其實是自己？」

◇　◇　◇

在牧羊人職涯裡，分成與企業交涉並募集徵才資訊的業務，以及協助求職者轉職的CA兩個主要職位，由兩者合力完成工作。業務會到徵才的企業公司裡聽取對方的需求，再將資訊分享給

CA們。CA則根據自己負責的求職者所提出的期望或條件，若有適合的徵才資訊便將企業介紹給求職者。公司內除了CA之間需要開會外，爲了統整並共享資訊，也會定期舉行業務和CA的聯合會議。

被業務部的橫山潤搭話，是在開完會之後的事。在CA們陸續離開會議室的同時，眉頭深鎖的他叫住了千晴。他的表情看起來明顯不太高興，令千晴緊張起來。

「上星期來的那位求職者，沒有打算要轉職對吧？」

就那個說是來栖先生前女友的。他補充一句，眼睛追著走出會議室的來栖背影。

「關於這個，我想應該是沒有要轉職，畢竟她本人也這麼說。」

「那不就眞的只是來看前男友而已。這樣反而更猛啊。」

橫山聳聳肩，視線落到手上的徵才資訊上。

「我在資料庫裡看過那個人的履歷，我本來想說她很適合這間公司才是。如果她認眞想轉職，那麼非這間公司莫屬了。」

他看的徵才企業是一間名爲瀧川的函授教學公司。近年來致力於推動線上教育事業，爲此正在招募人才。

「說起來劍崎小姐的確是任職於線上教育的新創企業呢。」

劍崎任職的公司名爲e-ULD，是一間製作影音內容並提供線上教育課程的公司。雖然創業至今不過十年多一點，但很常在電視廣告或網路廣告上看見這個名字。大學剛畢業就進入e-ULD並在裡面工作十年的劍崎，對瀧川而言可說是望穿秋水的人才吧。

「不過若只是爲了看前男友而來，那就沒什麼希望了。眞是的，來栖先生整天只會造成我的麻煩。」

橫山撂下這句話便悻悻然地離開會議室。千晴一言不發地關掉會議室的燈。

宇佐美由夏退掉內定的寺田軟體、笹川臨時取消面試的賽門連結，然後是千晴辭退面試的吉福斯設計。這三間都是橫山負責的公司。當然，橫山每次都有生氣。「你把顧客當成什麼啊！」千晴已經不只一次看過他這麼對來栖發脾氣。

在來栖底下工作就會了解到，他實在是太愛出風頭了。有時候不知不覺間就自己跑去企業取得徵才的委託，有時候甚至比業務更得企業的歡心。像寺田軟體那時候直接跟人事部聯絡並完成各種安排也是常有的事。從業務的角度來看，像他這樣擅自踏到自己的領域來辦事當然不會覺得太高興。

不過劍崎這件事，又不是來栖造成的……不，辭退吉福斯選考的自己實在無法把這句話說出口。橫山對來栖沒有好感，從平時的態度就可以知道了。

回到座位，確認現在手上負責的求職者履歷。有幾個人的條件符合方才橫山分享的徵才資訊。多虧這所謂的轉職風潮，來到牧羊人職涯的求職者也正逐步增加，光千晴一個人就負責將近四十個求職者。在這之中，眞的積極進行轉職活動的大概有二十人左右。來栖自己負責的人數更是千晴的兩倍以上，而且還能同時完成組長的職責並指導著千晴。

千晴在信件中謄打徵才資訊並寄信給求職者，然後與企業的人事負責人聯絡決定面試日期，最後確認下午的行程。下午有兩件面談以及一件模擬面試。在核對行事曆的同時仍不斷有信件與電話，並每次都會追加預定行程。現在的工作已經快排到年底了。

千晴注視著電腦螢幕上明年的日曆，突然一陣恐慌。感覺自己直到前不久還在一之宮企劃工作，但實際上再過三個月就已經從一之宮企劃休職滿一年了。

「未谷，去吃午餐吧！」

像是看準千晴的手停下來的時機，廣澤出聲叫上千晴。兩個人決定一起去公司旁邊的義大利餐廳。午餐菜單有著種類豐富的義大利麵，沙拉吧跟飲料吧的選擇也非常多，平時就有很多女性客人光顧。

「看到菜單上大力推薦牛肝菌或蘑菇，就感覺秋天已經到了呢！」

雖然還是很熱啦！廣澤一邊說一邊將綁成小馬尾的頭髮重新綁起來。看著秋色漸濃的菜單，千晴想起離開公司前翻開的行事曆。

「一回神就變得涼爽了，冬天大概很快又會到來了。」

廣澤點著頭回應「每年都是這樣呀！」。然而，當兩人份的義大利麵送上桌，廣澤從飲料吧取來兩人份咖啡，千晴從沙拉吧取來兩人份沙拉之後，廣澤冷不防地開口詢問千晴。

「未谷，試用期結束後，要成為我們公司的正式員工嗎？」

廣澤傾著頭微笑。是我的表情透露了心中所想的事情嗎？

千晴的試用期為一年，期限是明年的三月三十一日。如果想做其他工作，就要尋找下一間要任職的公司，而如果想繼續在牧羊人職涯工作，那麼洋子會根據試用期的工作狀況來判斷要不要錄取成正式員工。當初是這麼跟洋子約定的。

「好不容易熟悉了這裡的工作，我想如果能在這裡繼續工作就好了。」

「既能在來栖底下認眞堅持這麼久，又沒出什麼損害公司利益的大包，應該能成爲正式員工吧？」

的確，如果自己說「我想在這裡繼續工作」，洋子應該會認同的。

「可是就憑現在這樣子，我覺得來栖先生不會認可我。」

「因爲來栖很嚴格嘛。工作這件事，也沒必要抱著那種必死的決心才能做吧。卽使對工作沒有熱情，但如果能賺到錢、悠然自得地過日子，那也是一種生活的方式不是嗎？又不是說來栖不允許，妳就不能在這間公司工作了。」

若是自己任職的公司破產，並得到洋子幫助而進入牧羊人職涯——若只是普通的迷途羔羊，來栖可能會允許吧。

但是，他不會允許「噁心的社畜」做出模稜兩可的選擇。

而且。

「畢竟來栖先生姑且還是我的CA。」

「這麼說倒也是。他在妳上班第一天就說些『盡量努力吧！』之類挖苦人的話嘛。」

千晴用叉子將牛肝菌和麵條捲起來並送進口中，鼻子裡滿溢著醬油的焦香。

劍崎莉子

約莫是從半年前開始，會議的氣氛變得越來越險惡。

大型函授教學公司著手開展影音線上教學服務至今已經一年了，受此影響，e-ULD的使用者人數持續嚴重下滑。就算不特意做簡報，所有員工都深知這一情況。莉子瞪著眼前的折線圖。擺設在會議室裡時尚的橘色沙發，現在看來也都顯得失色許多。

「我認爲冬季的入會促銷應該要辦得比去年盛大才對。」

公司創始人之一的女性不耐煩地說著。不斷聽著相關負責人講述這一期營業額下降的報告，身爲宣傳部門主管的她看起來頗爲焦躁。

「一之宮企劃的業務也這麼認爲，光靠網路廣告實在是撐不下去了。應該像瀧川那樣大規模發送廣告郵件。」

「的確，或許直接寄送廣告郵件會比投放網路廣告更容易觸及到家長，但問題在於事到如今借鑑瀧川的做法會有勝算嗎？」

董事的一句話剎那間凍結了會議室的空氣，然後大家便低著頭一言不發。五分鐘前也發生過一樣的事。某個人提了主意，某個人回答「但是」，然後話題就此打住。

以前……莉子剛進公司時，明明就不是這種氣氛。

任何人都能夠隨時隨地在線上觀看知名講師的課程。因各種原因無法前往學校的孩子，可以在自家就接受高品質的教育。無法滿足於學校課業的學生也能夠透過大學教授的課程，先別人一步接觸更進階的知識。在尚未開拓的網路教育業界，e-ULD披荊斬棘，成了走在時代最前端的先鋒。

莉子大學畢業後進入公司正好是在剛創業沒多久的時期。新創企業特有的幹勁、清新與年輕活力是這間公司的最大優點與魅力。擺脫以往舊式教育思維，提供新式的授課方法，為那些在過往的教育中可能會被遺漏的孩子們培養學力，這樣肯定能為今後的社會提供助力，導去更好的方向。莉子當初是這麼想的。

然而，自從在函授教學業界中擁有首屈一指知名度和久遠歷史的瀧川開始在拓展線上教學業務，時代的風向就變了。年輕的先鋒被冷落，社會轉而投入熟悉的老牌公司的懷抱裡。瀧川活用後進者的優勢，推出比e-ULD更方便、比e-ULD更有名的講師課程，並透過以往作為函授教學公司所建立的關係網，一口氣衝高了業績。e-ULD的經營層原本還瞧不起對方，宣言「仿冒的怎麼可能超越原創的」，然而自今年起態度便有了翻天覆地的變化。

結果那天的會議雖然決定要針對寒假推出盛大的促銷活動，但與會的職員們各個都露出垂頭喪氣的表情。

有人覺得「都是因為廣告宣傳做得很爛」，也有人覺得「影片內容的水準下降了」，另外還有人說「都是工程師太過懶散」。而最重要的是，所有人都覺得「自己把該做的事做好了」。明明一起工作的是一群懷抱志向又非常有能力的人，卻無法順利克服難關。

莉子一邊吃著晚餐，一邊與同一個團隊的職員互相爭論，直到晚上九點過後才終於回到家。

飯廳完全沒有開燈，只從最深處的房間門縫裡看到一絲燈光。莉子悄悄探頭往裡面看，便看到同居第二年的綾野周介正戴著耳機坐在桌前。

沙沙、沙沙，他的手邊發出像是切削木頭般的細小聲音。

莉子打開飯廳的燈，從冰箱拿出昨天剩下的咖哩，並用微波爐加熱。冷凍的白飯也拿出來解凍。或許是聞到咖哩的香味，周介走出房間。

「莉子，妳回來啦！」

周介將咖哩跟白飯裝進盤子，然後坐到飯廳的桌子旁急急忙忙吃起來。他的指尖總是因為墨水而黑黑的，尤其是滲進指甲與肉之間的墨水已經難以清理。在附近的烘焙坊用點數換的白色盤子邊緣，他黑色的指尖看起來有著特別明顯的輪廓，鼓起的筆繭更是清晰可見。

「你今天一直都在畫嗎？」

莉子坐到周介的對面，他大口吃著咖哩飯，同時點頭說道「因為下星期就要截稿了」。

兩人接著就不再彼此說話。莉子只是一手拿著手機，心不在焉地注視著周介吃飯的樣子，並等待熱水燒好。

周介是五年前經友人介紹認識的，正好是與前男友——來栖嵐分手後不久。

志願成為漫畫家的他，除了漫畫外也對小說、電影、電視劇等等知之甚詳，跟他聊天相當開心。莉子負責製作e-ULLD的影音內容，因此曾嘗試將周介所畫的漫畫用在教學影片中。這個做法獲得許多使用者的好評，甚至推出過第二彈、第三彈企劃。於此同時，周介的作品也榮獲漫畫獎並刊載在雜誌上。兩人開始交往大概是在這個時候。

半年過去，周介因為必須兼顧截稿跟打工而變得相當忙碌，莉子也忙得不可開交，兩人都沒時間碰面，因此乾脆選擇住在一起。

「我去洗澡囉！」

洗碗中的周介轉頭回應「我還要再作業一下子」。他將畫漫畫這件事稱作為「作業」而不是「工作」。按他自己的說法，是因爲「還沒有賺到可以稱爲工作的程度」。

去年的這個時候，好像還會幫忙截稿前的周介繪製原稿吧。莉子洗完澡並回到自己房間休息時，回想起這件事。

雖然很多人都採用數位作畫，但周介很堅持要採用手繪。莉子在指定的地方貼上網點，或用橡皮擦將描線好的原稿上多餘的線條擦掉。兩人就像在準備校慶般，有說有笑地完成稿件。不記得是莉子先說「今天工作很累了」，還是周介先說「我想妳很累了所以不用幫我」，感覺最近這一年來，兩人都沒有再像那樣一起繪製原稿。

打開電視並確認手機，發現寄來了幾封郵件。製作公司完成了新的課程影片。莉子大致看完整部影片，將在意的點或需要修正的地方條列式地記錄下來。

差不多回完信的時候，周介敲響莉子的房門。看起來洗了個澡的周介手上拿著便利商店的塑膠袋，頭髮還是濕的。

「莉子，要吃冰淇淋嗎？」

他從袋裡拿出來的是有些貴的杯裝冰淇淋。明明就跟他說過好幾次去超市買比較便宜，但周介總是會忘記這件事，結果都會從便利商店買回來。

「剛剛對不起。」

周介將冰淇淋和湯匙放在桌子上，然後坐到莉子的旁邊。

「怎麼了？」

「妳都幫我加熱好咖哩了，我卻沒跟妳說謝謝，也沒有說開動就開始吃了。」

「是這樣嗎？」

這種小事，就算沒說出口我也不會覺得不舒服呀。

「因爲我在想分鏡怎麼畫，就有點恍神了。」

周介用湯匙挖了一口冰淇淋吃進去。莉子也跟著吃了一口，濃郁的香草味道在嘴裡擴散，令人不自覺地微笑起來。莉子這時候才發現原來自己始終都是一副憂心忡忡的表情。

「分鏡是指要用來連載的那個？」

平時最關照周介的，是莉子也知道名字的那本青年漫畫雜誌。周介之前曾在上面刊登過一篇單篇作品，獲得許多讀者的好評，目前正是要以這部作品來進行連載。他這幾天一直都在繪製稱爲分鏡的漫畫設計圖，準備在編輯會議中提出。

「如果可以開始連載就太好了！」

莉子每次都堅定地、眞切地這麼想著，但在心裡某處，卻又會喃喃自語道「這次大概也不行吧！」。至今爲止已經那麼多次認爲「這次一定能」，卻又每每遭遇挫折和失望。莉子甚至開始覺得e-ULD的業績不振、周介無法成爲連載漫畫家，這種情況會一直持續下去，不會有任何改變。

「對啊，我也希望可以連載。」

用湯匙把杯底刮乾淨，周介開心地笑了起來。「再堅持一下吧！」他將垃圾全裝進袋子裡並離開房間。

「話說回來，莉子。」

正要關上門的周介嘆了一口氣並笑著說。

「妳竟然知道我還沒吃晚餐呢！」

這樣說起來，這是爲什麼呢？周介什麼也沒再說便回去作業，只聽到他打開隔壁的房門，之後就沒聽到任何聲音了。

電視節目正切換成廣告。是轉職網站的廣告。穿著西裝的年輕女演員滿臉笑容地推薦螢幕前的觀衆去轉職。雖然性別不同，臉也不像，但不知怎地從她身上看見來栖嵐的影子。

他是大學的同學。同樣是政治經濟學院的學生，又是同一個研討會，不論是研討會的專題發表、集訓還是畢業論文，兩人都時常在一起。

開始交往是四年級的秋天，來栖獲得貿易公司、莉子則獲得e-ULD的內定。彼此都很期待成爲社會人士的自己，想成爲這樣、想做那樣，兩人心中的理想不斷膨脹。

那是很痛快的一段日子。就好像在乾淨的水裡全力游泳一般，充滿爽快感、適度的疲憊感和充實感。

記得那是兩人出社會第二年的事。三個星期沒見面的來栖在隆冬中頂著一副曬黑的臉龐，出現在約好要見面的地方。卽使在兩人經常去的西班牙酒吧昏黃的燈光下，黝黑的膚色還是相當顯眼。

「你沒擦防曬乳嗎？」

「有擦呀，只是頂不住南半球的熱烈陽光。剛剛也被公司的前輩笑了。」

他露出苦笑。不知道是不是因爲曬傷而發癢，來栖用食指輕輕搔著顴骨的部位。

來栖進入公司第二年就被交付巴西礦業公司的投資管理工作。最近這兩個星期，他爲了視察而出差前往巴西。

「說到風景，在藍天之下是一片廣闊的赤紅色大地，那一帶就是礦山。當地有數千人在那裡工作。」

兩人舉起艾爾啤酒乾杯，來栖述說著他在巴西出差的回憶。比如就算英語不流利也意外地能跟當地人溝通，或食堂裡那些像是咖哩的燉煮料理非常美味等等。

雖然他的說明很簡潔，但不可思議地，莉子卻能清楚想像來栖站在紅色大地上的身姿；跟當地負責人談笑風生，然後重新戴好安全帽望向南半球藍天，他那充滿期待的側臉。

「有很多事情只在東京看著報表上的數字是永遠不會知道的。而且去視察並跟那邊的負責人談過後，才知道當地情況跟這裡的計畫有很大的差距，不過也因此能找到改善的對策。」

「礦產開發是動輒數十年的大工程嘛？動用的預算也非常龐大，事情應該不會那麼順利吧！」

莉子說著說著，開始下意識地愼選用詞。對已經在地球另一邊有過各種經驗的他說些不著邊際的話，會不會令他感到失望呢？這種情緒不斷湧現，就像曬在外頭的衣服被風吹得翻騰纏攪。

來栖像是察覺到莉子的不安，只是點頭說聲「的確」，然後解釋去視察的礦山早從五十年前就開始開發了。本以爲他還要說些較爲艱深的話題，不過他突然露出微笑。

「在那裡工作的人們，比我想得還要通情達理，也很有人情味呢！只要跟當地實際管理的團隊妥善溝通，我想一定能建立良好的關係。雖然我們這邊只是依據利益來進行投資，但我也希望能幫助那邊發展經濟。而且如果一切順利，假以時日我們一定還能從中獲得更多利益吧。」

從他燦爛的笑容中可以看見白皙的牙齒。不知是因爲曬黑了，還是店內比較昏暗，在莉子看來那張笑臉實在太過耀眼。明明兩人對坐而視，但莉子卻感覺自己快被來栖心中開闊的眼界所壓倒。就連店員送上來的這一大盤前菜拼盤，看起來都像是渺小的沙粒。

他身在日本，眼睛卻看著地球的另一面。他的生活方式彷彿沿著「正確答案」這條路而走；講究公司利益，但不膚淺短視，也不貪婪齷齪，持續追求雙贏，而且也眞的實現了自身的信念，成爲同學中最出人頭地的——這些全都體現了「正確答案」這個概念。

一想到這裡，莉子不禁挺直了身體。

在那之後，就像是被透過龐大資金推動事業計畫的來栖所鞭策，莉子自己也推出了各種嶄新的企劃，這其中有好幾個至今仍是e-ULD最受歡迎的教學內容。

生活充實又開心，但於此同時，卻也總是全力衝刺。感覺若不這麼做，來栖隨時都會對自己失去興趣。

跟周介交往後莉子才發現，像現在這樣較爲閒適的生活更適合自己。與其抬頭仰望優秀的人活著，有時候被周介所倚賴、依靠，反而能提升自己的表現。

二十多歲時會覺得全力衝刺更令人感到暢快，然而過了三十歲，悠閒而又踏實，和伴侶一起配合對方步伐的生活方式更令自己感到快樂。

「雖然稱不上踏實啦……」

電視廣告早已結束，現在正播著夜晚的新聞節目。

周介雖然是漫畫家，但手上沒有連載的作品，打工的收入還比稿費多。莉子自己也不那麼理想，畢竟新創企業聽起來體面好聽，但實際上終究是中小企業的體質。教學影片的製作費用並不低，而且爲了招攬使用者的廣告宣傳費，以及維護網站並持續改進的開發費也都頗爲吃緊。莉子自身的薪資與同世代的人幾乎沒什麼差別。我們正在進行能夠改善這個社會的事業——這間公司靠的正是燃燒這種志向與熱情才得以經營下去。

如果……如果將來還要跟紅不起來的漫畫家周介一起生活，甚至如果要結婚，那麼就只能靠自己成爲經濟支柱，必要時不論轉職還是什麼都得去做。莉子賺錢、周介畫漫畫，這沒什麼好不滿的。

我選擇新創企業，那我得爲自己負責。周介畫漫畫，他也得爲自己負責。選擇這樣的人作爲伴侶時，我就必須對自己負責。所以，至少我要自己負起責任讓自己更幸福——至少不要落入不幸福的人生。

莉子關掉電視。從寧靜的房間仔細聆聽，可以聽到周介一筆一筆在紙上描繪的微弱聲響。沙沙、沙沙，那是他燃燒生命畫圖的聲音。這個聲音聽起來如此悅耳舒服，就像在說著兩個人一起加油，讓莉子感受到與當年來栖給自己截然不同的鼓勵。感覺自己的心中，清涼的泉水正不斷湧出。

然而，自己究竟爲什麼跑去見來栖呢？爲了見他一面，甚至編出一個煞有介事的理由。

想向他炫耀現在的自己嗎？對他還有留戀嗎？

手機又響了一聲，是影像製作公司傳來的回信。莉子看到手機上顯示今天的日期，不由得心頭一緊。

這麼說起來，來栖嵐遭遇事故，也是這個時期的事。

六年前的十月。就像先一步到來的冬天般降下刺骨冷雨的隔天。莉子跟來栖當時都是二十六歲，兩人大學畢業已經四年，正準備打破新人的殼邁向下一個階段。

那是早上的事，地點在車站附近人來人往的十字路口。一輛疲勞駕駛的輕型休旅車像是要掃開通勤的人群般直直撞向路口旁邊的電線桿，在這過程中有五人被撞倒。這起事故還上了新聞。當莉子在中午休息時，從電視上看到駕駛席部分完全陷進去的事故影像，才驚覺事故現場就在來栖的自家附近。

當莉子知曉五人中最後一個被車撞到的是來栖嵐，時間已經是那天的傍晚了。雖然莉子在晚上趕去醫院探望他，但此時的來栖已接受緊急手術，躺在醫院的病床上陷入沉睡。曾見過幾次面的來栖雙親，告訴莉子來栖左腳的情況尤爲嚴重。

「大概永遠不會好了。」

事故的數天後，來栖喃喃自語般地這麼告訴莉子。他從床上坐起身，百無聊賴地盯著電視的新聞節目。

「什麼？」

他突如其來且冷淡的口吻，使莉子忍不住回問他的意思。

「昨天醫生說左膝的複雜性骨折不會完全復原了。如果好好復健，說不定還能正常走路，但還是得拖著左腳。」

一字一句都說得有氣無力。莉子漸漸不知該如何回應。最嚴重的左腳用石膏固定住，骨折的左手則從脖子上吊著，頭上還綁著繃帶。莉子原本以爲這每一個傷勢都會慢慢康復起來的，該不會、該不會、該不會……。看著無言以對的莉子，來栖說了這麼一句話。

「很多事，或許都沒望了吧！」

莉子一句話也吐不出口，來栖看起來也沒有希望她做出回應的意思，只是一再念著自己所說的「或許都沒望了」這句話。

從那一天起，莉子開始害怕去探望來栖。即使強迫自己前往醫院，也只能在鬱悶的氣氛中和他聊上幾句。感覺那個曾經精力旺盛、熱切對待工作的來栖，正隨著日子一天天消逝。

事故過了約三週後的星期天早上，當莉子進入病房中，便看到來栖拄著拐杖，站在廁所裡的小鏡子前打領帶。雖然三角巾已經取下，但打著石膏的左臂似乎仍難以活動。

「……你在做什麼？」

他穿的是喪服。來栖繫緊純黑色的領帶，用一隻手撐著拐杖轉過身來面對莉子。

「造成事故的人，死了。」

來栖接著說出一名女性的名字。那個把他害成這樣，造成嚴重事故的人的名字。莉子連記都不想記起來的名字。

記得那個人因爲傷勢嚴重、性命垂危而被送到不同的醫院去。

「即使如此……你還是要去葬禮嗎？是她因爲疲勞駕駛把嵐的腳害成這樣的喔？」

「據說她疲勞駕駛的原因，是因為工作過勞。」

喀咚、喀咚，他不靈巧地拄著拐杖準備走出病房。工作過勞這種事，他是從哪裡聽來的。是父母？還是來探望他的朋友或同事？還是說，是他自己特意去查詢事故的情況嗎？

莉子慌張地擋在他的面前。

「無論是工作過勞還是什麼其他原因，對方都是事故的加害者，而嵐是受害者耶？你去了又能做什麼？對方的遺族也會感到很困擾吧！」

「我對上眼了。」

來栖並未看向莉子，只是繼續解釋。

「發生意外的瞬間，我跟駕駛對上眼了。我知道她拚了命地想閃開。如果她不閃，那車子就只是開上路緣而已，我想她應該也不會死了。」

「事到如今說這些還有意義嗎？嵐是受害者，不需要去思考是不是自己造成的啊！」

我現在明明在說很正經的話吧。然而來栖並沒有將莉子的話聽進去。

「我覺得她，應該很努力地工作過。」

在他的心中，恐怕正將自己放在天秤的一邊，而另一邊放著造成事故的人，然後緊盯著天秤看看究竟哪一邊更有重量。

「所以，我認為至少要去上個香。」

來栖推開莉子並打開病房的門，使用還未習慣的拐杖步履蹣跚地走了出去。那走路方式就像拖拽著全身，每一步都走得艱辛。那個曾經在公司中昂首闊步走在同期的同事最前方帶領著大家的人，現在只能一步一步地、生硬地往前進。看著他那穿著喪服的背影，莉子想起他所說「或許都沒望了」那句話。

結果在不到兩個月後，莉子便與來栖分手。彼此之間並沒有什麼爭執或互動，兩人只是同時放了手，平淡地結束這段關係。

未谷千晴

進入對方指定的咖啡廳，立刻就看到劍崎坐在最裡面的位子。剛剛趕過來的千晴道歉說「對不起，讓您久等了」，而她只是簡單回答「沒關係，我也才剛來」。她手邊的咖啡已經喝到一半了。

上個週末，劍崎寄來信件說想要進行面談。知道此事的業務橫山將瀧川的徵才資訊交給千晴並叮囑「再拖拖拉拉的要是被其他仲介搶走該怎麼辦」，因此千晴只好火速約定面談日期。她選擇在劍崎的午休時間約出來，並親自來到離e-ULD最近的車站碰面。

「哇，這不就是我現在主要的競爭對手嗎……」

劍崎苦笑著閱讀瀧川的徵才資訊，然後將嘴唇靠到冰咖啡的吸管上。

「不好意思，我們也有注意到這點，不過負責瀧川的業務很期待您選擇瀧川。」

「確實，待遇相當不錯呢！」

瀧川的徵才資訊上所標示的年收，是劍崎在e-ULD的兩倍。以劍崎的資歷來說，說不定還有能夠議價的餘地。

她好一段時間視線都沒有離開徵才資訊，看起來甚至像是瞪著它看。

「來栖先生有說什麼嗎？」

過了一會，劍崎才開口詢問。

「他什麼也沒說。」

「我想也是。」

來栖堅持不去碰劍崎的案件。雖然他也聽聞了今天的面談，但只回了一句「妳就盡量加油吧！」。

「劍崎小姐前一陣子會說沒有轉職的打算。但在這幾個星期內有發生什麼讓您心境轉變的事情嗎？」

「其實也沒有什麼特定的事。只是考慮到將來，想說視野開闊一點或許比較好。」

劍崎將資料放到桌上，接著喝空杯子裡的咖啡。

「我現在有一個同居的男友。雖然他是漫畫家，但沒有連載的作品，目前幾乎賺不到什麼錢。想到結婚之類的事，我覺得我應該要好好多賺一點來支持他。」

「所以才想轉職嗎？」

「雖然還沒下定決心，不過看到這種條件，還是滿令我心動的。」

千晴並不曉得跟劍崎一起生活的那位漫畫家是什麼樣的人，可是若將來想要一邊工作一邊支持另一個人的生活，甚至已經考量到生產或育兒等層面，那麼瀧川的條件絕對比e-ULD還要好。

「瀧川有完善的產假及育兒假制度，也投注許多資源在工時縮短制度和遠距辦公上，我覺得是很適合女性長期就業的好公司。只是說e-ULD在線上教育領域仍是領頭羊，劍崎小姐應該也對公司有深厚的感情吧？」

「這是當然，我們也有領導業界十年所培養起來的自信。即便是現在，我也認爲比起後進的瀧川，我們對教育業界的目光更爲遠大。可是只憑尊嚴跟志向，還是沒辦法當飯吃啊！」

劍崎點了點頭，將徵才相關資料全折起來收進包包中。

「過了三十歲，自己眼前的選項就會變得越來越清晰。什麼都要的時期已經過去了，現在開始會思考該怎麼爲想要的事物做出取捨。」

要是繼續在e-ULD工作，那麼就只能放棄與男友之間幸福的未來；如果要選擇伴侶，那就不應該在e-ULD繼續工作。在劍崎那細長的眼睛中，似乎清楚地映照出這樣的選項。

「畢竟是非常好的條件，快點回覆是不是比較恰當？」

千晴點頭，劍崎便微笑起來，感覺她差點就要說出「那我就接受吧！」。身爲一名轉職仲介的CA，勸她接受應該才是正確的做法吧！那既能成爲牧羊人職涯的利益，業務橫山應該也會感到開心。

店員將咖啡杯放到附近的桌子上，那個聲音聽起來像是某人的拐杖聲。

「不過，還是希望您深思後再決定。我會盡可能向公司內的業務或對方企業努力爭取時間到最後一刻的。」

「既然妳是轉職仲介，那不是應該要鼓吹我趕快轉職嗎？來栖先生的話感覺會這麼做。」

「來栖先生會再三告誡我就算那麼做，將來公司也不會獲得什麼好處。而且劍崎小姐，您剛剛在說到公司的時候用『我們』這個詞。其實我直到去年都還待在廣告代理商工作，可是那個時候我心中從來不會用『我們』來形容公司，所以我才覺得劍崎小姐真的深愛著現在的公司呢！」

劍崎嘴唇用力，表情苦澀地低語。

「但愛又不能幫我繳稅，而且年老後如果我發生什麼事，那份愛也無法負起責任不是嗎？」

「的確是這樣沒錯。」

之前廣澤曾說過「即使對工作沒有熱情，但如果能賺到錢、悠然自得地過日子，那也是一種生活方式不是嗎？」。這也沒錯。對某人來說正確的答案，對別人來說卻不一定正確。

「雖然我從事CA的工作僅僅半年多一點，但現在會覺得，轉職需要的是找出對自己的人生來說最重要的事，並看清這些事之間的優先順序。如果現在的公司對劍崎小姐而言是非常重要的地方，那麼我希望您謹慎思考，做出不會後悔的決定。」

妳也太自以為是了。千晴不由得自己嫌棄起自己。自己的人生裡最重要的事？優先順序？明明自己才是看得最不清楚的那個人啊！

「原來轉職仲介會說這樣的話。」

劍崎直視著千晴片刻。雖然一臉訝異，但嘴角還是稍微笑了一下。

「畢竟我的直屬主管是來栖先生。」

「明明他不論是大學時期還是在貿易公司工作的時候，原本都像是個走在『正確答案』這條路上的人啊！」

劍崎手邊的手機響了起來，是面談前設定好的鬧鐘，以防在下午的會議裡遲到。千晴趕忙結帳，並與劍崎一同走出店外。兩人之間只有事務性的對話，比如決定好之後再聯絡我、如果有什麼想諮詢的事我隨時都能回應之類的。

不過在走到車站前十字路口的瞬間，劍崎突然收起表情。她穿著稍高的高跟鞋，低頭看向千晴。

「是說……妳什麼都沒問呢！」

什麼？千晴歪頭表示疑惑。劍崎用指頭輕輕戳了自己的臉頰。

「妳的臉上寫著好想問清楚來栖嵐的過去呢！第一次見面那天跟今天都是這樣。」

路口剛轉爲紅燈。車站必須要穿過這路口才能到達，也才能跟劍崎道別。一想到自己無路可逃時，千晴一句話也說不出來。

劍崎沒有理會默不作聲的千晴，只是自顧自地說起來。

「那個人在大學時期是研討會組長，也當作排球社社長，不僅成績良好也有很多朋友。畢業後進入五大貿易公司之一，成爲幹練的商務人士，甚至在入社典禮上作爲新進員工代表在台上發表演講。進公司第二年就被交付巴西礦業公司的投資管理工作，在同期的同事中最出人頭地，與其他人拉開遙遠的距離。他還曾說過將來想調到海外能源事業部，負責非洲的再生能源開發事業。」

劍崎的語氣相當平淡，就像在念家電還是什麼產品的使用說明書。

「可是二十六歲的時候，他在上班途中遭遇車禍。他明明只是很正常地穿過馬路，但某輛疲勞駕駛的汽車撞向路口，並撞倒了五個人。其他四人都是輕傷，唯有他被撞成重傷。」

一輛車開過路口。從劍崎的背後開過去的是一輛輕型休旅車。雖然速度不算快，千晴卻感覺喉嚨緊緊縮了起來。

「自從腳不便於行，他就被調任到總務部。由於那個時候我跟他已經幾乎沒有聯絡了，所以我也不清楚他為什麼離職。在他辭掉工作後，我就再也聯絡不上他了。」

燈號轉為綠燈。劍崎走過斑馬線，千晴慢了一步跟在她身後。「我會盡快回覆妳」劍崎說完便回去公司。望著她的背影，千晴只愣在原地好一陣子。

曾經時刻走在正確答案這條路上、名為來栖嵐的這個男人，是不是在歷經事故後改變了他人生的優先順序呢？如果是，那麼他到底改變了什麼，現在又看著什麼呢？

「什麼？她要再想想？」

聽到千晴的報告，橫山果然心情不悅地高聲叫喚起來。站在他的立場，當然希望在今天的面談就能聽到劍崎決定接受瀧川的書面選考這個答案。

「劍崎小姐似乎還沒下定決心要離開現在的公司，因此我請她再回去好好思考。」

「瀧川的條件明顯好上許多，妳應該要強推這點吧！我們公司可不是做生涯諮詢的義工啊！」

橫山的視線移到千晴背後。來栖剛結束與求職者的面談，正要回到位子上。

「總之若是對方感到猶豫，那就寄信去給她意見。這不是要勉強她轉職，只是在對方還有迷惘時從背後推她一把而已。」

話雖然說得斯文，不過語氣卻嚴苛了許多。橫山提著公事包離開辦公室，應該是要去拜訪負責的企業吧！正因為有他們這些業務去取得企業的委託，CA才能向求職者介紹適合的公司。從橫山的角度來看，他自然也想把好的人才介紹給自己的客戶，讓客戶覺得「能委託牧羊人職涯真是太好了」。他的行爲是正當的，也是正確的。

「未谷小姐。」

抬頭一看，來栖用下巴示意叫她過去會議室。

「關於劍崎莉子的面談，我有些話想問妳。」

他做出手勢要千晴先過去，千晴點了點頭並小跑進會議室。從背後可聽到廣澤傳來加油聲說「記得多套出一些好玩的情報喔！」。

幾分鐘後，來栖拿著兩人份的咖啡進入會議室。他靈巧地單手拿著兩個紙杯，一邊拄著拐杖一邊坐到最裡面的椅子上。接下來的談話會長到需要喝咖啡嗎？雖然千晴爲此膽戰心驚，但還是坐到來栖對面。

「記得未谷小姐不用放糖吧？」

「我都喝黑咖啡，砂糖就不用了。」

千晴用雙手捧住遞來的咖啡並喝了一口，然後翻開筆記本，可是隨後就想起跟劍崎之間的面談沒記下什麼東西。

「跟上一次相比，劍崎小姐看起來對轉職變得更積極一點了。」

「改變心意的速度還眞是快。」

這不像她。感覺聽到來栖的聲音這麼說。

「劍崎小姐目前似乎有位同居的人……」

「考量到跟那個人的將來，覺得待在現在的公司不夠可靠，所以才想轉職吧！那間公司的錢大多都投資到製作教材內容了，因此給員工的薪水實際上不是很多。」

來栖撐著臉頰，手上還拿著咖啡。看他的樣子不像很驚訝，但也搞不清楚他到底在想什麼。只知道魔王的眼睛直直地盯著千晴。

「……大概就是這種感覺。」

她擠出一句話，接著大口喝下咖啡。雖然還很燙，可是不喝下這一口實在也尷尬地不知道該說什麼。

「橫山先生是有告訴我請務必要把瀧川推薦給劍崎小姐，但我覺得不應該太急促，所以請對方先回去想想後再決定。」

「橫山看起來倒是挺火大的。」

再怎麼推敲來栖心中的想法，也什麼都看不出來。他難道不是想問有關劍崎男友的事情嗎？他難道不想知道劍崎是怎麼說自己的嗎？

「來栖先生，你還有什麼想問的嗎？」

來栖看著千晴。千晴下意識地屏住氣息，室內安靜得似乎都快能聽到他轉動眼球的聲音。

「劍崎莉子的事怎樣都好吧！」

來栖將杯子拿在手上，並搖動裡面還剩下一半以上的咖啡。反覆兩次、三次，他突然停下手詢問。

「話說回來，我不小心把我放了三顆砂糖的咖啡拿給妳了，妳會不會覺得太甜？」

千晴沒能接到這顆從意料之外的方向飛來的球。球在地面滾動，千晴只得趕忙跑去撿起來。

「就是啊，眞的甜到我嚇一跳呢！剛好沒機會講出口。」

不過沒關係，就算放糖我也可以喝，請不用太在意。

千晴本來想繼續這麼說，卻被來栖給打斷。

「其實我根本沒有放糖。」

他指著千晴雙手拿著的紙杯，不厭其煩地再說一次「我沒放糖」。來栖的表情漸趨嚴厲，彷彿要與對方展開一場你死我活的慘烈廝殺。

千晴嚇到臉色發白。她在腦海中試圖找出可以挽救的話語，但來栖比她更快開口。

「說不定是我搞錯了。或許裡面眞的有放糖。未谷小姐，你喝看看確認一下。」

低頭看向剩下的咖啡。像是要吞噬一切的黑色液體，在視野中鑿出一個深邃的洞穴。感覺從洞穴底部正有數隻手向自己伸來。

「對不起，我喝不出來。」

來栖並沒有問喝不出來是什麼意思。你這不是知道嗎？既然你知道，又何必這樣逼迫我呢？

「從什麼時候開始的？」

「從之前的公司離職不久前。」

「這表示妳有將近一年的時間都吃不出食物的味道，對吧？」

千晴覺得自己好像聽到有人說「眞是笨啊！」的聲音。她瞄向來栖，發現他正用像是看著笨蛋的臉凝視著千晴。

「被你這麼一說，聽起來好像變得很嚴重了——」

千晴也不知道具體來說是什麼時候開始吃不出味道的。還在一之宮企劃工作時，某天回過神才忽然發現食物的味道變得越來越淡；不管吃什麼都感覺不出酸甜苦辣，只知道食物有個淡淡的味道。而就連這點味道都感覺不到的那一陣子，自己便在公司裡昏倒了。

「來栖先生，你是怎麼察覺的呢？是夏天那時候去餃子店吃的香菜嗎？」

「一開始覺得奇怪的確是那時候。所以前陣子我才叫廣澤用跟這個一樣的方法測試妳。」

來栖再次指向千晴的咖啡，千晴回想起約兩個星期前的記憶。她跟廣澤去吃午餐，並請她在飲料吧泡了一杯咖啡。「黑咖啡可以嗎？」對廣澤遞出來的咖啡，千晴毫無疑問地喝光了。

廣澤是不是在開導千晴要不要續留牧羊人職涯的同時，心裡也覺得相當訝異呢！

「不愧是人稱魔王大人的來栖先生，套話的方式也很壞心呢！」

「妳也很清楚我的個性有多惡劣吧！」

來栖毫不介意千晴好不容易擠出的一句諷刺，只是用鼻子冷笑一聲。

「身爲妳的主管我要給妳建議，妳最好還是早一點做出對策，看是要去醫院檢查還是停職。妳負責的案件我接手就好，至於停職怎麼處理，反正社長會安排妥當的。」

如果讓人知道自己就算換了工作，味覺障礙還是沒有改善，那對方當然會叫自己休息。這樣就又無法工作了，變回那個什麼人也不是的自己。

這是我最害怕的事。即使停職也對公司沒有任何影響的這個事實，會徹底擊碎我的自尊心。

「接下來我不是站在未谷小姐的指導者，而是站在CA的立場跟妳說。」

深深嘆了一口氣的來栖，用面對求職者的那種冷淡眼神看向千晴。

「妳在牧羊人職涯工作了半年到底學到了什麼?所謂的工作、所謂的轉職，對妳來說終究都只是折磨妳的事情嗎？」

來栖所說的話就像掃掉落在千晴肩上的雨珠。他伸手握住拐杖，回收紙杯，然後逕自走出會議室。接著聽到呼喊廣澤的聲音。廣澤就像與來栖換班，衝進了會議室裡。

「哇，妳還好嗎？」

千晴以爲自己掉下眼淚，用手摸了摸臉頰，臉頰並沒有濕。從眼鏡看出去的視野依然清晰，既不模糊也不扭曲。

「妳的表情就好像要把所有內臟都吐出來呢！」

明明就沒有哭，不過坐到身邊的廣澤還是輕撫千晴的背。十分鐘後，她拍拍千晴的肩膀說「好了，休息時間結束！」，並帶著千晴離開會議室。

「聽人家說鋅很好呢！」

剛進入新宿站附近的居酒屋時，廣澤就一邊用手機查，一邊點了富含鋅的各種料理。烤牛肝串、炸牡蠣、盤烤香菇、再加上佃煮羊棲菜和海菜沙拉。「沒想到鋅的攝取來源挺多的呢！」廣澤咬了一口牛肝並笑著說。

「不知道加熱會不會破壞鋅。」

「不確定呢。」

知道鋅對味覺障礙有好處後，千晴曾有段時間盡量選擇含鋅的食物來吃，但似乎沒什麼效果。

「話說回來妳居然能在沒有味覺的情況下生活，這我可辦不到。喝不出啤酒、吃不出米飯的味道，這也未免太痛苦了。」

廣澤手上拿著一杯與她的娃娃臉絲毫不相稱的大啤酒杯，而且幾乎要喝光了。

「習慣後就感覺沒什麼了。」

「總之先去醫院看看吧？醫生應該會開些藥給妳吃。」

廣澤的語氣輕鬆，彷彿千晴的味覺障礙不是什麼大問題一般。這令千晴很感激。或許來栖也察覺到這點，才將千晴交給廣澤的。

「我覺得牧羊人職涯是間好公司。轉職仲介這行啊，糟糕的公司真的是很糟糕，我切身體驗過這一點。要是未谷還想在我們這裡繼續做CA，就算要定期去醫院還是怎麼樣，我都希望妳能來上班。」

「廣澤小姐曾經碰過糟糕的轉職仲介嗎？」

「我在那種地方工作過。在跳槽來牧羊人職涯前，我在其他轉職仲介上班。」

廣澤說的名字是千晴也熟知的大型轉職仲介公司。

「前一間公司講難聽一點，完全就是薄利多銷型的仲介。雖然企業可以壓低支付給仲介公司的費用，但同時仲介這邊就必須不斷將求職者塞給企業。當時的業績目標真的很嚴苛……工作實在很痛苦。」

喝空酒杯的廣澤叫住附近的店員說「再來一杯一樣的！」，接著長吁一口氣，可以猜想業績目標有多麼嚴苛。

「整天被業績追著跑，求職者看起來就漸漸從人類變成一個個記號。當看到履歷上職經歷、學歷或年齡的瞬間，在那個人臉上就會自動顯示出分數，這時就會去想這個等級的人可以塞到那間公司，或這個人不可能達到期望所以不用認眞對待之類的事。」

看著放下筷子聆聽故事的千晴，廣澤把盛上許多香菇的盤子輕輕推到她的面前。千晴順著她的意思一口吃下厚實的香菇。

「現在這樣問可能滿奇怪的，不過我想知道廣澤小姐喜歡這個工作的哪一點呢？」

廣澤深思了一陣，把彼此都不好意思吃結果留一個在盤上的炸牡蠣給夾起吃掉。雖然口中說著「我不太會用喜好來衡量工作」，不過還是在腦中揀選字詞來回答千晴的問題。

「轉職算是人生的轉折點吧！未谷在幾年後回顧自己的人生，不也會想說在一之宮企劃工作是自己成爲出社會後的第一章，然後在我們這裡當CA是第二章嗎？」

待在牧羊人職涯的這段期間眞的可以算是第二章嗎？還是銜接第一章與第二章的幕間？說不定只是不起眼的一段家常閒話而已。千晴茫然地望著貼在牆壁上的菜單，感覺自己正呆站在一張全白的稿紙上。

「在某個人面臨人生轉折點的時候陪伴在身邊，協助他們邁向更好的下一章，我覺得這是這份工作最有成就感的地方。」

「是來到牧羊人職涯後才開始這麼想的嗎？」

「第一次覺得轉職仲介也不賴的確是來到牧羊人職涯之後的事，不過當初之所以沒有轉去其他業界，大概是因爲我還是覺得轉職仲介是個不錯的工作吧！有問題的是公司，不是這個工作本身。」新的啤酒送到廣澤面前。廣澤大口將酒一口氣喝乾，好像才剛喝完第一杯一樣露出燦爛的笑容。

能夠像這樣喝著酒、聊著工作並露出這種表情的人，令千晴感到無比羨慕。

與廣澤道別後，千晴在回家的電車上久違地打開社群網站。雖然千晴本人已經兩年以上沒更新動態了，可是認識的人們仍在上面頻繁地記錄著現況。那個調到一之宮企劃的行銷企劃部塡補千晴空缺的同期同事，上傳在羽田機場大廳拍的照片。雖然沒有寫說要去哪裡，但似乎是去出差。她跟自己不一樣，應該在竹原手下做得不錯吧！之前她曾經傳訊息說〈我有什麼事會叫妳陪我聊聊〉，但終究沒有再講過類似的話題。

自己從來沒有想回到那個時候的念頭，但不知爲何心底卻有股焦躁。這是嫉妒。自己當初做不到的事同期的人卻能輕鬆完成，這令人格外眼紅。

盯著螢幕一陣發呆，手機不久便轉暗進入休眠模式。螢幕映照出悶悶不樂的自己。妳想成爲什麼樣的人？想繼續工作、想活成一個不讓人蒙羞的大人、不想讓父母和朋友感到失望——但是只有以上這些，自己也還無法滿足。

我眞的想成爲一個在社群網站上驕傲地寫下自己工作多麼充實的人嗎？想成爲一個能一邊聊工作一邊開心喝酒的人嗎？

——妳已經是大人了，這種事請自己決定。

耳邊響起魔王的聲音，千晴將手機收進包包的深處。電車劇烈搖晃，令千晴踉蹌著抓住吊環。

劍崎莉子

十月即將結束，夜晚也變得寒冷起來。莉子用手機確認工作信件，同時還在燉好大白菜跟雞肉的鍋子裡丟入雞湯塊並蓋上鍋蓋。

手機響了起來。預定在寒假期間開課並推出教學影片的講師，寄來了教學內容的草案。莉子趴在餐桌上回覆信件。

就在按下寄出的瞬間，牧羊人職涯正巧打來電話。「啊！」莉子輕喊一聲。她最近忙於工作，忘記回覆究竟要不要應徵瀧川。

「你好，我是劍崎——」

時間是晚上八點。她腦中浮現未谷那說起話來認眞到有些死板的臉龐。雖然不知道牧羊人職涯都什麼時候下班，但自己是不是害她爲了打電話還特意留下來加班呢？

這份擔心，被接著聽到的聲音給完全抹去。

「我是牧羊人職涯的來栖。」

報上名字的他只是事務性地詢問要不要應徵瀧川，就跟第一次去牧羊人職涯的時候一樣。

「不是說不能指定CA嗎？我的窗口應該是未谷小姐才是。」

「今天未谷請假，我代替她撥打電話給妳。」

即使面對莉子有些壞心的詢問，來栖也只是平淡地答覆。莉子正襟危坐、挺直腰桿、腹部使勁讓自己的聲音更清楚有力。

想起來了。跟他交往時也總是這樣。來栖總是比別人走得更遠，而自己只能拚命追趕以免被他拋下。

「劍崎小姐非常符合瀧川所需要的人才，如果應徵有極高的機率會被錄取。即使是瀧川以外的教育類公司，妳的經歷也是相當吸引人的。如果妳認眞考慮轉職，希望能讓敝公司協助妳。」

「畢竟站在牧羊人職涯的立場，如果我不轉職，那你們就只是做白工而已。」

「的確，我們轉職仲介的資金來源不是向求職者收取使用費，而是從徵才的企業手上來獲得報酬。眞要說起來，若劍崎小姐能快點轉職到瀧川，敝公司才有利可圖。」

腦中清晰浮現電話那頭來栖的表情。那是活在黑白的世界中，感受不到溫度的表情。他過去不是這樣的男人。莉子回憶中的來栖嵐，是一個總是笑開懷、表情爽朗的優秀青年。即使是車禍後去醫院探望他那時，對腳不良於行的打擊、對肇事者死去的苦惱、對出院後看不見未來的恐懼——這些情感也都眞實存在於他的內心中。

可是六年未見的來栖嵐，卻好像連這些情感都用銼刀全部磨掉了。

「但是啊，劍崎小姐。不管我們的勞動有沒有意義，不管公司利益怎麼樣，這些跟妳的人生比起來都只是微不足道的小事。」

來栖以毫無變化的聲音繼續說下去。現在的他竟然會說公司的利益不重要。

「你是在拐彎抹角叫我不要轉職嗎？」

為什麼我會這樣問呢？如果來栖叫我轉職，我就會轉職嗎？如果他叫我不要轉職，我就不轉職了嗎？為什麼我得因為早在六年前就分手的男人所說的一句話而必須做出決定呢？我是不是內心深處還覺得，早知道當初就不要跟他分手了？

「妳是大人了，這點事請自己決定。」

他不應該是會這樣說話的人啊！幸好是講電話，如果是面對面交談，說不定我早就衝上去揍他一拳了。

「你說轉職是『這點事？』這應該是會影響人生的重要抉擇吧！不正是因為太過重要，僅憑自己無法做出決定，所以才有CA這種職業嗎？」

「沒錯，轉職非常重要。正因如此才必須由妳自己決定。」

「是是是，所謂自己的責任自己擔是吧！」

外面傳來一陣聲音。本以為是周介打工回來了，不過似乎是隔壁鄰居進門的聲音。周介還不趕快回來嗎？這樣我就能說「不好意思，家人回來了」然後掛斷電話。

跟他誇耀「家人回來了」。

「吶，你覺得為什麼我要去牧羊人職涯——特地去那裡見你呢？」

「我不知道，畢竟這是劍崎小姐自己的行為。」

「我本來也不知道。原以為說不定是我瘋了，抱著僥倖的心態想說或許能跟你復合，但現在我明白了，不是那樣子的。我是去抹除『過去的可能性』，去弄清楚自己的心意，告訴自己跟現在的男友交往更好，而不是跟過去的嵐。」

因爲對於跟周介一同邁向的未來感到一絲不安，所以才想親眼看看與來栖之間「可能有過的未來」會是什麼樣子。看看當初若沒有分手，前方有著什麼樣的可能性。

「我要轉職。競爭對手也好，其他什麼公司都好，爲了守護現在與他在一起的生活，我要好好賺錢支持他。」

並不是想在經濟上依靠誰，只是害怕一切都必須由自己承擔，所以之前才猶豫不決。可是想到與周介生活在一起的每一天，那點恐懼也就不算什麼了。

「這樣啊。」

明明是他先催著我自己做出決定，可現在來栖的回應還是那麼冷淡。這個人眞的變了。

「那麼我們牧羊人職涯會全力協助劍崎小姐的轉職活動。」

此時聽到玄關響起門鎖被打開的聲音。周介回來了。

「莉子，我回來了」

外面應該很冷，不過正在脫鞋子的周介，聲音卻像是在陽光下睡懶覺的貓。他手上又提著塑膠袋，裡頭裝著從便利商店買回來的冰淇淋。

「最後我有一項個人的建議要告訴妳。」

莉子在周介面前沒能回應來栖。這時發現莉子正在講電話的周介用唇語說著「對不起」，然後將塑膠袋放到桌上。

「我認爲妳只是對我感到愧疚而已。因爲當年沒有陪伴受傷的我，所以才覺得必須全力支持現在的男友。」

啥？莉子差點叫出聲，她急忙用手掌掩住自己的嘴巴。

「但是『自己必須支持對方』，這份責任感可不一定會爲對方帶來幸福。」

莉子還未做出任何回應，來栖就撂下一句「明天會再聯絡妳」然後掛掉電話。嘟……嘟……莉子只能半張著嘴聽著單調的電子音。

「聽我說，莉子。」

周介的聲音將莉子拉回現實。他翻找塑膠袋，從裡面拿出高級杯裝冰淇淋塞到莉子手上。冰得像是手被打了一掌，但這樣的刺激卻令人覺得舒服。

「決定要連載了！」

周介雙手舉高大喊。「連載！我可以連載作品了！」他一次又一次地喊著這個字。

「連載是指……之前畫的……那個……」

那個，那個叫……分鏡……。莉子才正要說出口，周介立刻點頭說「沒錯！」。

「我回家的時候對方打來電話，說今天的編輯會議認同我可以連載了。眞的是太好了！」

大概是爲了慶祝才去便利商店買了冰淇淋回來吧！周介又從莉子手上把冰淇淋拿起來，「洗完澡再來吃吧！」說完就放進冷凍庫裡。

都還沒說句「恭喜你」，周介就急著跑進自己的房間。

「下個月就要開始連載了，從今天開始就得好好作業囉！」

他看起來就像午休時間抱著足球衝出教室的小孩子。不知道是不是因爲太興奮，他的肩膀跟腳不停前後上下活動，完全靜不下來。

「周、周介！」

莉子抓住他的手臂，然後用雙手把他的頭髮搔得亂糟糟的。莉子抬頭看著比自己高一點的周介，像寵愛小狗般一直撫摸著他的頭髮。

「恭喜你。」

說完，感覺自己的喉嚨僵住。本來以爲自己聽到周介決定要連載會喜極而泣，但出乎意料地流不出眼淚。事出突然，驚訝的情緒更勝一籌，甚至認爲這只是一場夢，又或是周介搞錯了什麼。

「謝謝妳，莉子。」

周介梳理亂成一團像是鳥巢的頭髮並笑了起來，眼睛瞇成一條線。莉子第一次向周介委託工作時，他也像這樣露出開心的表情。

「吶，周介。」

那時候我覺得，這個人眞是個開朗又誠實的好人呀！

「我呀，想要辭掉e-ULD，跳槽到其他公司。」

笑容像是被抽乾的水一樣從周介的臉上消失。看著歪頭感到疑惑的他，莉子不自覺地微笑。她打從心底覺得，不論是五年後、十年後還是更久以後的未來，都一定要好好珍惜與這個人生活的日子。

「我想跳槽到待遇更好，環境更穩定的地方。直到剛剛我都還在與轉職仲介通電話。」

「可是莉子，妳不是很喜歡現在的工作嗎？妳在吃飯時總是很高興地跟我說接下來要做什麼企劃、要拍什麼影片啊！」

「可是，只憑喜歡或高興是沒辦法生活的。」

愛又不能幫自己繳稅，也無法在自己年老後負起任何責任。畢業後就進入這間剛剛創業的新公司，也在這裡工作了十年，當然還是有所掛念。e-ULD的成長經歷，可以說就是莉子自身的成長經歷。

「話是這麼說，但我還是希望莉子可以在喜歡的公司繼續工作。」

稍微彎下腰的周介直視莉子的眼睛。從正面看著自己的他，在眼睛下面有著一塊淺淺的黑眼圈。由於他每次鄰近截稿就會熬夜，所以始終無法消除黑眼圈。

「可是。」

「我也會一起加油的。我會努力把漫畫畫得有趣，不會讓連載早早就被腰斬。接下來我會繼續加油。雖然一直說『加油』可能在莉子聽來很不可靠，但我會加油的。我們一起努力吧！」

周介因墨水滲入而變黑的手指伸向莉子。他執起莉子的右手，微笑著說「我們一起」。

如果真的要一起努力，那我不更應該去更大、更穩定的公司嗎？現在也還不知道周介的連載到底會不會順利……心裡不斷浮現像這樣的反駁，令莉子不禁屏住了氣息。

後頸感覺一陣冰涼——不知為何，那個表情冷漠的來栖在腦中回頭看向了自己。

「……我們真的能辦到嗎？」

結果我自己嘴上說著要支持周介，卻因為對未來感到不安而完全沒有相信過周介。從來沒指望他能獲得連載，也從未想過他能夠以漫畫家的身分維持生計。

「雖然自己一個人的話我沒有自信，可是兩個人的話總會有辦法的。」

周介一邊說著「別擔心、別擔心」一邊上下晃動莉子的手，一副沒有想很多的表情。然而奇妙的是莉子也不覺得煩躁，不想因爲自己認眞煩惱而指責周介過於散漫。

或許正是因爲我們互補的個性，才能好好生活下去也說不定。

「其實職涯顧問曾跟我說『我覺得劍崎小姐眞的深愛著現在的公司呢』！」

「那位職涯顧問很懂妳耶！莉子眞的很喜歡這間公司，畢竟就算回到家，還是很拚命地寫郵件或打電話。如果沒有愛是沒辦法這樣工作的。」

嗯，你說的沒錯。就是這樣。莉子反覆地贊同，而周介還握著她的手。感到有些難爲情的周介說「果然還是先吃冰淇淋吧！」，然後走近冰箱。

踩著輕盈步伐的他腳底黏了一塊小棉絮。當莉子看到棉絮的瞬間，眞的很不可思議地，視野模糊了起來。

未谷千晴

「眞的很對不起」劍崎鞠躬道歉，其彎腰的角度之低令千晴差點就要往後仰。

「一下子說要轉職，一下子又說不要，我自己也覺得任性得太過分了。」

劍崎滿懷歉意地低著頭，跟第一次來到牧羊人職涯時的態度相比簡直判若兩人。

猶豫到底要不要轉職的她，在幾天前的電話中跟來栖宣告「我要轉職」。然而到了隔天，卻又捎來聯絡說「我果然還是想在e-ULD工作」，收回之前的決定。

「別這麼說，在轉職活動中最後決定還是要在目前的公司繼續工作的人也不少，請別放在心上。」

「我不是對未谷小姐介紹的企業條件有所不滿，來栖先生打電話來的時候我也確實做好要轉職的心理準備了。」

「既然如此，那爲什麼……」

「跟同居的男友說我要轉職後，他回答我『我希望你能在喜歡的公司繼續工作』。直到那時才發現自己光顧著拚命，卻沒想過要跟對方一起努力，也沒能好好注視著未來。」

這也就是說，劍崎選了兩個人一起努力的未來吧。

劍崎的表情看起來非常愉悅，似乎很滿意不轉職這個決定。那份滿足感充實了千晴的內心。這種滿足感對一名轉職仲介而言究竟是不是正確的呢？千晴在心底的某個角落感到一絲不安。

「還有未谷小姐曾說我看起來很愛e-ULD，我覺得妳說得完全沒錯。雖然現在我的確也對教育業界本身有所堅持，但更重要的是我發現我是因爲喜歡現在的公司，所以才能將二十幾歲之後的人生都奉獻給工作。」

將二十幾歲之後的人生都奉獻給工作，這樣講會不會太裝模作樣了？劍崎呵呵笑了起來，千晴則趕緊搖搖頭。能夠笑著說將自己的某些事物奉獻給工作的人是很幸福的。千晴注視著劍崎那笑得瞇起來的細長眼睛，不禁這麼想。

「所以呢，我想直接來向未谷小姐道歉。」

眞的很對不起，劍崎說著說著再次低下了頭。她是特意請半天假來見千晴的。千晴鄭重地道謝以回應她的賠罪，並在入口目送她下午回去上班。

「您不用見來栖先生一面嗎？」

千晴這麼詢問正準備按下電梯按鍵的劍崎。她笑著說「不用了」並按下下樓的按鍵。

「前幾天跟他在電話裡吵了一輪，讓我打從心底覺得還好當初有跟他分手。」

搭上電梯的劍崎笑咪咪地離開了。讓人覺得還好有分手的爭執到底是……越想越恐怖，千晴沒有再想下去。

正要回到辦公室，業務橫山目露凶光地來到入口。他想說的話全都寫在臉上，肩膀也氣得發抖。

「妳沒能說服劍崎小姐嗎？」

他壓低音量詢問千晴，不過語調也因此而拉高。

「因為劍崎小姐說她還想在目前的公司繼續努力。」

「但不就是因為對公司有不滿意的地方，所以才跟來栖先生說她想轉職嗎？」

「她說她後來改變主意了。」

橫山嘆了一口氣，看著千晴的眼神就像看著一個資質駑鈍的小孩。千晴的表情下意識變得僵硬。他接著抓了抓後腦勺抱怨。

「我說啊，說服她這一點不也是CA的工作嗎？」

「劍崎小姐的表情看起來相當滿足。雖然沒能為公司帶來利潤，但我想既然能擺脫煩惱，回到原本的生活，那對她就是最好的選擇。」

身為一名轉職仲介，我應該煽動劍崎的不安，逼她說出「我果然還是要轉職」嗎？

轉職仲介的工作有時候會左右求職者的人生。我有這個資格嗎？連對自己的人生都毫無頭緒的人，有資格去影響其他人的人生嗎？

「妳是不是有點太過於仿效來栖先生了？」

橫山冷漠地指責，並將視線瞥向辦公室的方向。

「那個人再怎麼任性，他好歹都能交出成果，可是未谷小姐只是見習CA，效法他只會造成公司的損失。」

千晴在腦海中尋找可以反駁的話語，但不知爲何胸口就好像踩了煞車，怎麼樣都說不出口。

「妳最好還是別擺出魔王大人的架子吧！」

千晴一句話也無法反駁。

取而代之的是傳來一陣喀搭、喀搭的聲音，單調又尖銳。

「橫山，你叫我嗎？」

來栖走過來，手上抱著他最常用的黑色資料夾。他小聲碎念著「別在入口爭吵啊！」，然後站到千晴跟橫山面前。

橫山只有一瞬間皺起眉頭，但隨即做出下定決心的表情，說出劍崎的名字。

「爲什麼你沒有說服劍崎莉子小姐轉職？而且還讓未谷小姐一個人負責她。」

橫山的口氣就像把平日對來栖累積已久的怨氣，用委婉再委婉的方式包起來並輕輕丟給來栖。

「哪有什麼說服不說服的問題，她既然決定不轉職了，仲介硬是要推翻她的決定也很奇怪吧？」

「因爲她是你的前女友嗎？」

「在身爲我的前女友之前，她是一個來我們公司尋求跳槽的求職者。急著慫恿她轉職不會帶來什麼好結果，而且未谷直到最後都誠懇地應對她，說不定幾年後她改變主意還是想跳槽時，還會來我們公司啊！」

話中含意彷彿是叫橫山眼光放遠一點，聽起來有那麼一點瞧不起人。橫山吸了一口氣像是要回嘴，但來栖用一句「這麼說起來——」立刻打斷他。

他的臉上浮現極爲和藹的笑容，然後打開資料夾拿出一張履歷並交給橫山。

「有位想要去瀧川的求職者，經歷是一等一的優秀。幹勁也很充分，即使明天就開始上班也沒問題喔！」

面對笑容可掬的來栖，橫山眉頭深鎖。明明是每天一起工作的同事，但表情好像是撞見第一次看到的動物——不，甚至像是看著什麼令人驚嚇不已的可怕生物。

「你眞是……」

原本還想說些什麼，但橫山打住了。他滿臉無奈地放鬆肩膀，僅僅說了「我確認看看」就回到辦公室。他的背上像是寫著雖然很惱火，但實在不知道該怎麼回應這傢伙。

「也難怪橫山會生氣吧！」

來栖大概是回想起至今爲止自己的所作所爲吧！不過，他臉上毫無慚愧之色。

「所以怎麼樣了？」

冷不防被問了一句，千晴一臉疑惑地反問「什麼？」。

「妳昨天不是去醫院了？」

來栖補充，千晴這才領會意思。

或許是覺得話會講很久，來栖走到面談區邊緣的一張桌子旁坐下。上午前來的求職者人數不多，所以周圍幾乎沒有其他人。

「醫生正式診斷我爲味覺障礙，開了鋅、漢方藥跟維生素給我。」

「跟家人說了嗎？」

「還沒有。」

在一之宮企劃停職、辭職，然後終於開始工作才半年。如果跟父母說味覺障礙的事，他們會露出什麼表情呢。

來栖點頭，繼續問「那社長呢？」。

「我姑且會跟她說一聲。」

「那好。不論如何，味覺障礙似乎沒有什麼公認有效的藥物。只能透過飲食療法，然後不要給自己太多壓力，保持身心平穩才是唯一解方吧！」

「來栖先生眞清楚呢！」

「因爲我查過了。」

來栖把臉撐在桌子上，邊說邊嘆氣。

「總之，請不要勉強自己。」

「好的，我會加油。」

「妳的話越是加油感覺越容易出問題啊！」

嘴角揚起的他，視線移到擺在桌上的月曆。十月的月曆附上染成一片紅色的山野風景照。除了最後三天外，其他日期都已經用斜線劃掉。

「已經要十一月了。雖然每年都一樣，不過接下來一眨眼就到年底了。」

千晴察覺到他想表達什麼，簡單地點了點頭。自己的試用期到明年三月就結束了。在那之後該怎麼做，也差不多該理出個頭緒才行。

「又不是說來栖不允許，妳就不能在這間公司工作了。」

千晴回想起之前廣澤曾這麼說。

「來栖先生喜歡轉職仲介這份工作的什麼地方呢？」

就連這麼俗套的問題，千晴也從未問過這個人。來栖輕哼一聲並聳肩，像是在說這眞是個蠢問題。

「我不會用個人喜好來看待工作。硬要說的話，是因爲我認爲現在的社會需要這份工作。」

「之前來栖先生不是問過我嗎？說我在牧羊人職涯工作了半年到底學到了什麼。我現在知道轉職仲介不只是一種介紹工作的職業而已，也是一份能見證對方的人生經歷改變的工作。我想這是我學到最大的收穫。」

講完才發現這只是從廣澤那現學現賣的說詞。千晴痛感自己總是沒有自己的主見。

「可是……」

皺起眉頭的瞬間，嘴巴不自覺地透露出自己的眞心話。

「可是？」

「……因爲想見證別人的人生改變所以才繼續做轉職仲介，我覺得這樣的心態似乎太過狂妄了。」

自己說的話聽來前後矛盾又猶豫不決。本來以爲來栖會叫自己講話果斷點，不過他只是雙臂交叉。

「見證別人人生改變的瞬間，這的確是我們工作的一環，但並不是我們改變了對方的人生，是對方親自做出決定而改變的。我們只是在旁提供協助。不可以認爲是自己幫助了對方，或自己改善對方的生活方式。要是這麼想，遲早會覺得『自己具有很大的影響力能夠改變他人的人生』，陷入無可自拔的傲慢中。」

他的口吻似乎在暗示千晴會變成那樣；被那些聽起來是很好聽的工作價值觀給束縛住，變回那個噁心的社畜。

不可思議的是，千晴自己也是這麼想的。

「就是啊。」

話說出口，感覺表情放鬆許多。皺起來的眉頭像白雪融化般緩緩解開。

「我原本還在想自己是否有改變他人人生的力量，思考自己是否眞的可以去改變他們的人生。不過，事情不是這樣子的對吧！」

產生改變的是求職者自己，改變求職者的也是他們自己。我們只是在一旁提供協助。千晴像咒文般不斷小聲念誦著。

「眞是神奇，來栖先生的話語中，感覺有種改變他人的力量呢。」

「饒了我吧。」

來栖嫌棄地回答。臉上的表情極不情願、滿是不悅。

那跟冷淡或愛理不理的態度不同。來栖的表情像是注視著自己過去的一個點，看起來有些悔恨、有些厭惡、也有些羞恥。

「以前我曾有段時期，相信自己的工作、行動與決定可以改善某人的人生，甚至是改善整個社會。」

「那是……」

遭遇車禍之前的事嗎？

在千晴開口詢問前，來栖便搶先一步回答「沒錯」。

「腳重傷後我才終於了解，一個人能辦到的事、一個人能完成的工作，出乎意料地只有微不足道的影響，任何人都是可以被取代的。」

劍崎曾說過來栖在車禍後被調任到其他地方了。那麼在調過去的部門中，他看到了什麼？又思考了什麼呢？

「即使如此，人還是會持續地工作。所以我希望我負責的求職者，能夠在全力思考後做出最好的選擇。」

不是要對方選擇，不是想要對方選擇，而是希望對方選擇，是嗎？

啊啊——原來如此！這個人現在不是在跟部下說，而是對身爲求職者的千晴面談。

「是。」

千晴用力點頭，而他則驚訝得瞪大眼睛。來栖尷尬地清了清喉嚨並站起來。

「跟前任見面，果然沒什麼好事。」

莫名有種不好的預感呢。

究竟是在掩飾難爲情，還是眞的做出預言？他喃喃自語，隨後便返回辦公室。

第五話

對工作沒什麼期待 是你的自由

三十歲／男性／租賃公司 業務 離職

未谷千晴

「這實在……太棘手了……」

千晴趴在桌上，今天已經不知道哀號了幾次。剛從午休回來的廣澤問「怎麼了？」並將千晴手上的履歷捏起來。

「哇，這的確很棘手。」

坐到千晴旁邊的廣澤，用雙手鄭重地將履歷遞回來。

「三十歲已經跳了三次槽對吧？雖說每間公司態度不同，不過這種人會被很多公司嫌棄喔？」

履歷來自一位待會要來面談的男性戶松卓郎。如廣澤所言，才三十歲就已經有過汽車零件製造商、建材商、租賃公司的經歷。任職兩年的租賃公司，根據履歷也已經在上個月離職。大學畢業後八年去過三家公司，像這種轉職次數多的人，對企業來說不管怎樣都是需要警戒的人物。千晴有預感他的就業過程將會變得困難許多。

「總之面談時盡可能問出不斷轉職的理由，然後也只能妥善找出對方的優點來掩護他的缺點吧。」

「來栖先生也給我這樣的建議。」

「哎，被魔王給搶先一步啦！」

廣澤瞥向來栖的座位。盯著電腦螢幕講電話的來栖腿上，珍珠正發出呼嚕聲。

戶松在剛好一點時來到牧羊人職涯。身爲一個前份工作還是業務的人，開口的第一句話「今天就麻煩妳了」聽起來沉悶無力，表情也像個鬧脾氣的小孩。不知道是不是辭掉之前的公司後就沒有打理，瀏海長得相當長，耳朵也被頭髮蓋住。明明有很多求職者會穿著整套西裝或職場休閒服前來面談，不過戶松只穿著一件看起來頗舊的羽絨大衣，裡頭穿的是褪色的連帽衣以及休閒褲。

「很難處理吧！」

千晴帶戶松走到面談區，才剛把名片交給對方，他就像隨口提及般說了這麼一句。視線看向千晴手上的履歷。

「之前跳槽時也被挖苦說『才二十幾歲已經換兩家公司啦！』。沒辦法長期待在一間公司，會被認爲『人格上有問題』吧。」

「不過每個人轉職的理由都不盡相同。前一份工作的環境如何也會影響下一間公司看待您的態度。一定有企業需要戶松先生的。」

千晴謹慎地挑選用詞。戶松不管怎麼看都對轉職不抱任何希望，全身上下好似寫滿了「反正我這種人沒救了」。要是說些不得體的話，他大概立刻就終止轉職活動了吧！

「您上面寫到上個月辭掉之前的公司，請問離職的理由是什麼呢？」

「因爲我跟主管和不來。不只是前一間公司，再更之前的一間，還有剛畢業進入的那一間都是這樣。」

戶松說話時沒有看著千晴的眼睛。把想說的話說完，視線就落到地板上。以戶松的職經歷，企業在面試時也一定會問之所以多次轉職的原因。如果回答時是這樣的態度，那絕對不可能獲得內定。

「所謂和不來，具體來說是什麼情況呢？」

「前一間公司的工作量非常繁重，尤其業務部更是所有人都加班到每個月規定的時數上限。然而有一天公司卻突然說雖然不會增加人手，也不會變更每個月的業績目標，但要大家把加班時間減到一半。」

大概是勞基（勞動基準監督署）下達的命令吧！戶松喃喃自語，隨後端起千晴泡的咖啡喝了一口。

「這怎麼可能辦得到呢？之後的狀況就是員工都只能提早打卡，然後再回到座位上偷偷加班。結果有個新人就這樣弄到心理出問題……」

戶松皺緊眉頭，停頓了一會，接著才勉強用一句「然後我就跟公司起爭執了」來作結。

「這也就是說戶松先生會要求公司改善勞動環境對吧？」

「我從以前開始就因爲各種事被高層當作『總是跟公司作對的傢伙』。這次高層把我叫到會議室去飆罵一頓，我也因此抓狂乾脆辭掉工作然後跑去勞基告狀。之前工作過的公司全都是像這樣離職的。」

像我這樣的人妳有辦法讓我轉職嗎？戶松的表情彷彿這麼說著。那不是「拜託請想辦法讓我轉職」這種懇求，也不是「其實我也不是很想轉職」這種模稜兩可的態度。

爲了活下去我需要工作，但如果眞的不行那麼橫屍街頭也無妨——他宛如徹底放棄了人生，對未來沒有任何期待。

廣澤剛剛說妥善找出對方的優點來掩護他的缺點。將戶松的面談交給千晴的來栖也說了類似的話。

——缺點跟優點不過只有一線之隔，很多時候只要轉個念頭就能反敗爲勝。

千晴注視著戶松履歷上「因個人原因離職」這句話，在腦中仔細回味來栖給出的建言。含了一口咖啡，心想如果要翻盤就只能這麼做了。雖然品嘗不到苦味跟酸味，但咖啡香氣還是提振了身體的活力。

「轉職次數多乍看之下是個不利的條件，但如果是爲了要求公司改善勞動環境才造成您離職，那麼選考時企業也會有不同看法的。」

奇怪的事就說「奇怪」，不行的事就說「不行」。他（大概）有與公司對話並嘗試改善的意志。追求更好的勞動方式，也可能進而提高公司的業績，這點一定有企業能夠理解的。

……雖然千晴盡量積極地向戶松提示各種點子，但戶松的表情依然鬱悶。

「妳想說什麼富有正義感，能爲了解決職場問題積極行動之類的嗎？進入前一間公司時所委託的仲介，也跟妳說過一樣的話。這間公司的人事也說過『我們很歡迎能夠積極表達意見的人』所以錄取了我。可結果卻是這副德行。無論嘴上說得再好聽，公司想要的都是能乖乖聽從上級命令毫無怨言的社畜啊。」

對他這埋怨般的說詞，千晴閉緊了嘴唇。這個人從一開始就不信任千晴、不信任轉職仲介、甚至不信任自己可能會去工作的公司。

「的確有些公司只想要聽話的社畜，但也有很多公司並非如此。我自己也是在轉職後才了解到原來每間公司都有他們自己完全不同的風氣跟價值觀。」

「呃……未谷小姐，也轉職過嗎？」

戶松確認千晴的名片後並詢問。到這時千晴才感覺終於跟這個人有了正常的互動。

「我在來到牧羊人職涯前曾待過廣告業界，我想以前的我應該算是個很稱職的社畜。」

雖然說是很稱職的社畜，但要是來栖肯定會形容成「噁心的社畜」。

「戶松先生多次轉職的經歷確實在選考上是個不利因素，但我會向徵才的企業說明您決不是爲了個人私利引起問題才不斷換工作。即使是在面試時，只要坦白說出事實，我認爲一定有機會。」

「坦白說出事實，是嗎？」

面對一臉狐疑看著這裡的戶松，千晴用力點頭。

「與其說些不著邊際的藉口，或爲了被錄取而假裝溫順，不如乾脆一點，選擇能跟員工好好對話的企業吧！雖然可能會繞很大一段遠路，但我覺得這對戶松先生而言會更好。」

如果能表現出更肯定的態度，那麼戶松會安心一點嗎？可又覺得那樣說，戶松的心會越來越封閉。

「不論哪種都好，反正我只是因爲沒工作就沒辦法生活才來諮詢。說實在地，我對工作原本沒什麼特別的期待。」

結果戶松那不負責任的口氣還是沒什麼改變。即使千晴告訴他之後會用郵件介紹符合他需求的徵才資訊，他也沒擠出什麼笑容。

「那就麻煩妳了」戶松只有嘴上說得認眞，之後便轉身離開牧羊人職涯。看著他抱在懷中的羽絨大衣，千晴才茫然地想到，原來已經十二月了。

戶松在三月前能拿到內定嗎……？在千晴還以見習員工的身分待在牧羊人職涯的期間，他能找到下一份工作嗎？

「搞不好得耗到春天了。」

像是看穿千晴想法的聲音從背後傳來，千晴不禁叫出聲來。來栖抱著大衣，把臉撐在入口的櫃台上。

「我也這麼覺得……」

自從被發現味覺障礙的事後，他又再次跟千晴以兩人一組的形式協助千晴處理業務。戶松的履歷他應該也看過了才是。

「看妳這樣子，面談應該不太順利吧！」

「雖然我是有建議他可以將多次轉職當成正面因素，在選考時盡量突出這一點，但他似乎沒有很積極地接受這個提議。」

「畢竟常常跳槽的求職者總是不利的。若至少本人的態度良好，個性和藹可親，說不定還有被錄取的可能性。」

「很遺憾的是他的個性應該完全顛倒。」

「光是看他的背影我就知道了。」

穿上大衣的來栖按下電梯的按鍵。

「午餐呢？」

「……請讓我跟你一起去。可不可以順便商量戶松先生的事？」

來栖回答妳請。千晴立刻跑去拿自己的大衣。

「來栖先生，你是不是想說我吃不出味道，才叫我陪你來開拓新店家？」

搶在午餐時段快結束時進去的是一間最近開在公司附近的咖啡廳。當然，來栖完全沒參考網站評分或社群網站上的評價，只是憑直覺就走進來了。整潔的白色牆壁營造明亮的氣氛，裝潢也相當時尚，感覺會受到年輕女性歡迎；然而實際上雖說已經過了午餐時段，但店內相當冷清。

「沒有這回事，只是因爲除了妳之外其他人都不想跟我出來吃飯。」

千晴點了午餐菜單上用大張照片強力推銷的牛肉漢堡，可是咬了一口就發現不對勁；雖然吃不出味道，但口感乾癟粗糙，就像把肉汁全部擠乾一樣。

「來栖先生，爲什麼你看起來有些開心？」

跟千晴吃了同一款漢堡的來栖露出苦笑，不過卻有種很高興的感覺。

「因爲味道眞的是馬虎到讓人想笑。」

千晴總感覺這個人似乎挺喜歡自己直覺落空這件事，明明在工作上他的直覺常敏銳得令人生畏。或許他正是透過這種方式取得自身的平衡。

「關於戶松卓郎，實際面談過的末谷小姐覺得他是怎麼樣的人？」

他輕快躲開千晴抗議的視線，擺出一副故作無知的表情開始談論工作。

「他說『我對工作沒什麼期待』。按他的說法是因爲不工作就沒辦法生活才不得已來這邊諮詢。」

將戶松多次轉職的理由告訴不斷移動刀叉的來栖，他只小聲說著「原來如此」並點頭。

「在每間公司都跟主管起衝突，結果在多次轉職的過程中變得灰心喪志是吧！」

反正自己在組織中無法工作。反正自己只是麻煩製造者。反正、反正……在一次又一次的死心後，才催生他那種態度吧！

「那麼他對企業也應該沒有什麼期望吧！只要能聘我哪裡都可以。」

「是的……」

因為一直都是業務，所以業務也可以，除此之外的也沒關係。任何職業都好。不論千晴怎麼提案「像這樣的職業如何呢？」戶松的答案也全都相同。

「跟我第一次負責的宇佐美由夏小姐感覺不同。雖然宇佐美小姐實際上對公司有所期望，但她只是沒發現而已。然而戶松先生是真的沒有任何期望。他也說過公司想要的只是服從的社畜而已。」

「這是對自己的人生感到灰心，只任由年齡隨著歲月增長的類型。年紀越大，情況就越難以挽回。」

雖說比千晴年長，但也才三十歲而已，他已經半放棄自己的人生了。不論自己說了什麼，他應該都會用那一臉隨便的表情說「不管怎樣都好」。

自己能為這樣的戶松辦到什麼呢？千晴咀嚼著乾巴巴的漢堡，從旁窺探來栖的臉。他將配菜蘿蔔送入口中，用低沉的聲音說道「好硬」。這之後他就沒有再提及戶松了。

但他心裡一定有什麼可以喚醒戶松的話語。千晴差點問出「來栖先生會對他說什麼呢？」，只能將快說出口的話跟著漢堡都吞進肚子裡。

千晴心想，如果自己能找到一套足以勸說戶松的說詞，那或許就能在牧羊人職涯繼續當一名

CA。可是她又急忙打消這個念頭，告誡自己別將戶松的求職活動當成自己抉擇的試金石。

「我會再想想看。」

「妳是說戶松卓郎的應對方式？還是四個月後的自己？」

來栖跟平常一樣露出壞心眼的冷笑。那不是千晴的指導者，而是身爲千晴CA的——「跳槽的魔王大人」的表情。那笑容彷彿在說，無法肯定自己的職業經歷這一點，戶松跟千晴其實非常相像。

千晴把最後一口稍大的漢堡塞進嘴裡並點頭。

「兩者都是。」

戶松卓郎

用ATM領完錢走出便利商店時，從原本公司的後輩那傳來一則訊息。「許久未見了」文章的開頭相當有禮。

內容跟卓郎想的一樣。前幾天勞動基準監督署開始對公司展開調查，並下達違法加班與加班費未給付的違規警告。短期內勞基插手兩次，公司再怎麼樣也只能照辦。

〈這樣講或許對你來說相當失禮，但多虧有戶松先生，公司才能變好一點。〉

卓郎對這些文字嗤之以鼻。想減少員工自主加班的情況、想減少加班的時間，那就增加人手啊！難道公司做不到更有彈性的工作環境嗎？當每次有事就反抗公司的麻煩製造者離開後，才會有勞基署介入，勞動環境才會得到改善。這要說起來，的確是我的功勞。

在卓郎二十到三十歲的人生中，一再上演這樣的戲碼。

後輩在訊息中再三道謝，卓郎只簡單回了「不客氣」，然而後輩立刻就回覆了，直到抵達自己的公寓時才終於結束對話。卓郎打開自家的門，一瞬間叫出「啥？」的疑問。

「啥什麼啥？」

在只有1K的狹小廚房中，住在栃木的母親就站在那。她從塑膠袋中取出附近超市買來的大量食材，並全部塞進冰箱裡。

「……妳來做什麼？」

「傻兒子說又辭掉工作了，我難道還不能來看看嗎？」

卓郎的老家在宇都宮，他是隨著大學入學而來到東京的。母親一有機會就會來卓郎的家，從不事前打電話通知，尤其是卓郎每次離職後，她一定會來東京說教一番才回去。

「我已經在找下份工作了。」

卓郎擠開母親通過廚房，一屁股坐到電視前的椅子上。母親像在自己家裡一樣開始整理冰箱裡的物品。

「下份工作有著落了嗎？」

「我有請轉職仲介隨便幫我找一間了。」

卓郎打開電視。雖然其實也不是很想看，但還是把頻道轉到每週六下午播出的紀實節目。

「你上次辭職的時候不也說了一樣的話嗎？就是因爲隨便找一間公司工作，才會落得每次都很快離職的下場呀！」

母親在廚房做些什麼，開始發出喀洽喀洽的聲音。她用菜刀將超市買來的金針菇底部切掉，然後將姬菇跟杏鮑菇切片，紅蘿蔔用刨絲器刨成絲，最後開始處理鮭魚、雞腿肉跟牛肉。狹小的廚房到底擺放著食材，連冰箱跟洗衣機上都當成桌子使用。每次擺上東西母親都會抱怨「哎呀這廚房真小」。

「冰箱裡面只有啤酒，你有沒有好好的吃飯？都三十歲了，工作每次都做不久，生活又這麼邋遢，媽媽已經不是擔心，是都傻眼了。」

——如果真奈美還在的話。

母親的話裡參雜著這樣的真心話。如果真奈美還在，現在這時候已經差不多結婚，三十歲的兒子也會像樣一點吧……現在正用平底鍋炒著菇類的她一定心中是這樣想的。

母親在傍晚前就完成涼拌鮮菇、蛋炒紅蘿蔔絲、醃泡洋蔥鮭魚、雞肉火腿、牛肉時雨煮等幾項菜餚。雖然母親嘴上說著「我隨便幫你做了幾種好方便你保存」，但其實都是卓郎還在老家時常在餐桌上看到的懷念菜色。

可是只有蛋炒紅蘿蔔絲不同。那是真奈美以前常做的小菜，是她教給母親的。

晚餐是白飯再配上母親做的味噌湯跟料理。母親理所當然地進浴室洗澡，穿了卓郎的運動外套，然後窩進暖桌裡面。她大概會在明天中午左右離開，給父親買些伴手禮再回宇都宮。母親的「家庭訪問」總是這樣的流程。

過了半夜十二點，當母親在暖桌裡開始打呼時，卓郎也關掉電視跟電燈後，自己躺到床上休息。雖然用手機看了一下影片或漫畫，但很快就膩了。

他心不在焉地瀏覽牧羊人職涯昨天寄來的徵才資訊。

招聘業務的企業有十幾家，都是可以從家裡坐電車通勤的距離。雖然面談時自己嘴巴是說「哪裡都可以」，但如果每次面試都要跑很遠那也挺麻煩的，而且當然也不想為了說不定幾個月就會離職的公司而搬家。卓郎心想那位看起來很老實的CA在這點上還滿能體諒別人的，這令他頗為佩服。

在未谷寄來的信件上，寫著牧羊人職涯會在文件選考的階段就針對卓郎的轉職次數多加潤飾。轉職仲介的話，很多時候聽聽就好。上一次轉職的經驗讓卓郎深刻感受到這一點。那時候雖然委託的是大型的轉職仲介公司，但聽到卓郎轉職次數跟理由的CA，則明顯得露出相當嫌棄的表情。在那張假惺惺的笑容底下，清楚地透露出對卓郎的不屑與輕蔑。

起初應徵前兩間公司時還算誠懇地幫助自己，可是當卓郎始終拿不到內定，電話跟信件的次數便少了許多。從事務性寄來的徵才資訊中隨便選到的公司，就是工作到上個月為止的租賃公司。

汽車零件製造商、建材商、租賃公司。雖然走過三間公司，但每間卻都是黑心企業。違法加班、不給付加班費、無法達成的業績目標、職權騷擾，這些每間都有。到最後甚至開始覺得所謂公司、所謂工作就是必須得跟這些不講理的事情共存才能繼續做下去。

可是自己怎麼樣都辦不到。

突然將新人派到現場，讓新人在什麼都搞不清楚的狀況下自己崩潰；在葬禮隔天將剛剛失去親人、身心俱疲的員工硬是拉回來上班；嘲諷懷孕的員工「休產假只會造成別人麻煩」；員工休了產假也不補足人手，逼其他員工處理更多工作；放縱管理階層對底下員工怒罵斥責——以上這些卓郎都無法視而不見。

不論自己是否爲當事人，不論自己會不會受到波及，那些都不重要。即使有人建議「畢竟戶松先生沒有直接受害，還是老實一點比較好吧……」但卓郎也通通不管。

很不可思議地，只要自己發聲，任何人都會來感謝卓郎；雖然不會跟卓郎一同出頭，但之後都會悄聲說道「其實我想的也跟你一樣」。雖然當卓郎頂撞主管或甚至更上面的經營層時，他們都躲在遠處默默地觀望。

卓郎從未抱怨過這點。我只是想反抗才反抗，並不是想要有夥伴助陣。當我辭掉工作跑去勞基告狀後，也不用捎來什麼道謝的話語。眞希望你們不要擅自把我當成什麼「爲了大家而壯烈犧牲的英雄」。

用同一個姿勢一直盯著手機，脖子便開始痛起來。卓郎在棉被裡伸展了一下，便下床跨過睡在暖桌裡的母親，走到廚房喝杯水。

「冰箱裡。」

以爲還在睡夢中的母親突然用嘶啞的聲音說著。

「有放金柑的甘露煮。」

說完便翻了個身繼續睡，接著數秒後又開始打呼起來。

打開冰箱，除了晚飯吃過的料理外，還有個保鮮盒裡塞滿了鮮豔的橙色果實。這個在老家時也很常吃。

卓郎掀開保鮮盒，用手指捏了一粒金柑放進嘴巴。微苦又酸甜，是令人懷念的味道。母親是怎麼知道卓郎肚子有點餓了呢？

他再次跨過母親回到床上，拿起手機。他總之先決定應徵未谷寄來的徵才資訊裡最上面的那間公司。他只簡單確認過業種，並沒有看詳細資訊。

如果是良心企業那當然是最好的，而如果是黑心企業，那就只是再次反抗而已。

眞奈美會說這樣的我是笨蛋嗎？

◇　◇　◇

「你似乎曾在相當黑心的地方工作過呢。」

面前這個男的面試官苦笑起來，大概是四十歲出頭吧。如同事前預想的，他開始詢問爲何卓郎會多次轉職。

「不知道是不是我運氣不好，我的確也感覺碰上的都是這種公司。」

眞的是運氣不好嗎？還是說其實有很多環境更好的職場，只是像自己這種程度的人根本沒資格在那種地方工作？

「履歷寫到你曾爲了改善職場環境而積極行動。看來有很強的正義感呢。」

這是未谷修飾過的說詞吧。沒來由地突然覺得火大。明明自己也知道爲了讓經歷看起來漂亮點也只能這麼做。

「並不是我有正義感，只是發現其他人都裝作沒事，對問題視若無睹，我才會每次都因爲一些小事生氣反抗而已。」

要是傻傻遵守法律，公司就沒辦法運作了。無論哪間公司都會做一樣的事。有許多人試圖像這樣說服卓郎。

「前一間公司在面試時曾經對我這樣說『我們很歡迎能爲了改善公司而積極闡述意見並付諸行動的人』，結果進入公司後我卻成了一個好像整天找公司麻煩的問題人物。」

面試官的表情有些微變化，情緒看似低落了點。大概是因爲感到沮喪，覺得「我都給你面子正向看待你的經歷，你又何必這樣說話」。

依照末谷的說法，這間公司工作環境舒適，員工之間的氣氛也很好。雖然不確定轉職仲介的情報跟實際情況有多少落差，但環境說不定比之前的公司還要好。

可既然如此，我爲何又像這樣刻意製造失敗呢？爲什麼我就是不能笑著說「我一定能在貴公司發揮實力、派上用場」？

面試乍看之下在和睦的氣氛中結束。雖然面試官在將卓郎送出房間時說「我們會通過牧羊人職涯向你轉達面試結果」，可是當卓郎走到公司外，就已經有預感「這間公司不會上了」。

搭上電車坐到離家裡最近的車站時，牧羊人職涯打來了電話。是末谷打來的。她想說的事大概都猜想得到。

「關於今天的面試……」

對著難以啟齒的末谷，卓郎冷淡地直言「沒被錄取吧！」。從電話的那一頭傳來輕微的應答聲。

「是……是的……」

結束面試至今還不到一個小時，或許在送走卓郎後對方就立刻聯絡牧羊人職涯通知不予錄取吧。

透過牧羊人職涯開始求職後，這已經是面試的第二間公司了。

「戶松先生，我覺得目前這個階段我們可以重新調整作戰策略。這週或下週您能撥冗前來嗎？」

通知第一間公司不予錄取時，未谷會在電話中說明理由。她說對方公司覺得自己言談舉止太過消極，自卑的態度也過於嚴重等等。雖然當時回覆她「下一次我會更積極一點」，但結果今天的面試還是說了類似的話。

「就算現在過去我也沒問題。」

未谷立刻確認行事曆並調整行程，讓卓郎可以一個小時後來牧羊人職涯面談。

「那我現在就過去。」

掛掉電話，卓郎走到另一側月台搭車。

玻璃窗模糊映照著在西裝上還套了一件大衣的自己。明明直到一個月前穿著西裝工作還是稀鬆平常的事，但一眨眼的時間便覺得這副模樣很不協調。對無法長期待在一間公司，職涯經歷斷斷續續的人來說，就連「工作中的自己」看起來都如此疏離嗎？

即便是今天，面試官都始終誠懇禮貌地帶著笑容應對自己，看得出對方相當友善，卻只有自己像拍掉衣服上的塵埃般隨便糟蹋別人的好意。無法與社會連結的自己，無法適應社會的自己……只能不斷墜落到越來越糟糕的處境中。

「對方說他們很介意您負面消極的言行以及否定自我的態度。」
來到面談區，未谷立刻這麼說明。
「我想也是。」
企業恐怕是給未谷更直截了當的拒絕理由吧！爲了活用在下次面試，或爲了其他接受同一間公司選考的求職者，她應該也有在收集相關情報才是。
「有鑑於上次與這次的面試結果，雖然是我個人意見，不過我想戶松先生應該要更正面積極地看待自己以往的經歷。」
「正面積極是嗎？」
「每個人的優缺點都只在一線之間。即使戶松先生自己看來是缺點的地方，或許換個角度就能成爲優點，而且也一定有企業願意賞識。」
這個人從第一次面試起就這麼說。未谷看起來就是個教養好的人，肯定讀過好的大學，並在畢業後進入大企業任職。雖然不知道牧羊人職涯的薪資如何，但在扮演「稱職社會人士」這點至少比卓郎優秀。
「從別人眼中看起來說不定是優點，但我實在不認爲我能將自己的缺點化作是優點看待。」
「這……」未谷張著嘴巴而沒能說下去。或者說看起來更像是她想講的話一來到口中就消融不見了。
未谷這表情令卓郎想起眞奈美。雖然臉長得不像，但當她每次要責備卓郎時，也會像這樣張著嘴巴猶豫不決。然而她最後一定會說出口，好好說出口。

「我認爲這是因爲戶松先生固執地將自己的職涯經歷看作是『不堪的過去』。別說在面試中也盡講些消極的話，卽使在這裡面談時也是這樣隨便的態度。在我看來就像是刻意要把自己的人生導向不好的方向。」

「這個嘛，妳說的沒錯。我二十歲至今的人生確實都是這種感覺。」

是因爲想起了眞奈美嗎？腦中如走馬燈般逐漸浮現以前在公司發生過的事，爲了什麼原因而反抗，又碰上什麼樣的對待。每個人都勉強自己吞下這些不講理的狀況，裝作自己溫順服從來證明自己是成熟體面的社會人士。社畜這個詞說的眞好，那看起來的確就是公司飼養的家畜。

我不打算成爲社畜，也將反抗所有把社畜當成拋棄式零件看待的公司，反抗所有對自己身爲社畜卻沒有一絲懷疑的社畜本身。這件事我早就決定好了。

「戶松先生？」

未谷窺探卓郎默不吭聲的表情。卓郎反射性地從椅子上站起身來。

「下次在應答時，我會注意表現得正面一點。下一間公司的資料跟面試時間寄郵件聯絡我就好。」

卓郎拿起公事包跟大衣，向未谷彎腰致意。她連忙喊道「不，可是」並站起來，但卓郎只是頭也不回地甩開她，快步走向入口。打開擦得光亮的玻璃門，電梯前的走廊寒冷刺骨。

「戶松先生，請再多跟我好好談談。」

當未谷飛奔出入口的剎那，電梯門應聲打開。

裡面有個拄著拐杖的男人慢慢走出電梯。

看到他的臉，卓郎從喉嚨擠出一聲哀鳴。

「……爲什麼？」

拐杖男也看著卓郎。他停下腳步，笑咪咪地請卓郎進入電梯。

他似乎不記得卓郎的樣貌，卓郎其實也沒有記得很淸楚。然而實際碰面後，過去的記憶便逐漸浮現。

「爲什麼……你會在這裡？」

我曾經見過他，那是六年前剛畢業進入汽車零件製造商時。當時還不是一個固執己見，整天跟公司作對的麻煩製造者。

那張鎭定自若、五官端正的臉龐與當時幾無二致。來栖，沒錯，這傢伙的名字叫作來栖嵐。

「啊啊。」

來栖的眼睛緩緩張大，看起來是想起我的事了。他帶著異常平淡的聲音說出眞奈美的名字。

「——上次見面，是在安永眞奈美小姐的葬禮吧！」

未谷千晴

「來栖先生，請問！」

千晴追上走出辦公室的來栖，跳進正要啟動的電梯中。他明知道千晴在等他，卻還裝作一副若無其事的表情想回家。千晴不由得狠狠瞪了他一眼。

「你爲什麼直接跑掉了？」

她穿上原本抱在手中的大衣，並翻找著剛剛才急忙把隨身物品塞進去的包包。記事本沒闔起來，有幾頁被搓得皺皺的。

「我想說妳可以輕鬆追上拄著拐杖的我。」

電梯到達一樓。來栖敲著拐杖走在前頭，跟在後面的千晴則緊盯著他。現在這句話是在挖苦呢，還是想牽制我。

「原來你認識戶松先生。」

結果，千晴跟戶松沒能再多談什麼。他在電梯前撞見來栖後，就一溜煙地逃走了，就連叫住他都來不及。

「先說好，我不是因爲發現我見過他，才把面談交給未谷小姐負責。」

「跟劍崎莉子小姐那時候一樣嗎？」

「妳在損我嗎？」

確實是在損他，不過回頭看向千晴的來栖不痛不癢地笑著。

「即使見到面也一時之間想不起來他是誰。我以爲我應該很擅長記住別人的臉才是。」

「上次跟戶松先生見面是在誰的葬禮上是嗎？」

天氣預報說今天會是十二月最冷的一天。不知是不是因爲這樣，來栖拐杖的聲音比平常更爲冰冷，聽起來甚至有些淒涼。

「難不成那位的逝世與來栖先生的車禍有什麼關係嗎？」

千晴也知道不要問比較好，但嘴巴就是比思緒快了一步。腦中閃過劍崎莉子對自己說過的「妳的臉上寫著好想問清楚來栖嵐的過去呢！」。

來栖的拐杖發出略爲刺耳的摩擦聲，就像擦到人行道上的溝槽一樣。他瞥了一眼千晴，開口詢問。

「劍崎莉子告訴妳多少事情？」

「……她沒說肇事者已經亡故了。」

來栖二十六歲還在貿易公司工作時，在上班途中遭遇交通事故，肇事者因疲勞駕駛在斑馬線上撞倒了五個人。來栖身受重傷，從此不良於行。劍崎當初並沒有提到肇事者的後續消息。

「對方雖然因爲疲勞駕駛而衝撞路口，但在即將撞到人的時候有嘗試閃避。她把方向盤用力往右邊打，撞到路口旁邊的電線桿，然後死了。如果她沒有試著避開我，或許對方還能活下來。」

來栖再次往前走，拐杖的聲音依舊冰冷。

「肇事的人名叫安永眞奈美，當年是二十四歲。她任職的汽車零件製造商有很嚴重的自主加班情形，她發生車禍當時每個月的加班時數都超過一百小時，早就遠遠超過過勞死界線。」

「……也就是說，過勞是造成她疲勞駕駛的原因。」

因過勞而疲勞駕駛，再進而引發車禍死亡，而且不幸的是來栖也遭受波及。來栖從此行動不便，而對方則死了。千晴終於知道爲何劍崎沒有把這件事說出來。

「跟戶松卓郎見到面是在安永眞奈美的葬禮上。聽說戶松跟她在同一間公司工作，而且還是同部門的同事。大概是覺得撐著枴杖來參加葬禮的受害者簡直像在嘲諷安永吧！這麼說起來他的確找過我麻煩。」

「在葬禮上你有跟他起口角嗎？」

「我可什麼事都沒做。」

千晴想像兩人偶然在葬禮上碰面的情形。雖然能夠想像出剛認識不久的戶松會是什麼樣子，卻始終捉摸不清來栖當時做出了什麼表情。

「爲什麼來栖先生要去參加那場葬禮呢？」

「在發生車禍的瞬間，我跟對方對上眼了。我知道她拚死命地要閃開我。她的表情已經深深烙印在我的腦海裡了。」

明明那場車禍害你的腳無法再順利走路了呀。

「……只因爲這樣嗎？」

「我剛剛不是說了，她是過勞。我想她也曾在那嚴酷的職場環境中很努力地工作吧！」

來栖注視自己，就好像在說她跟妳一樣。太狡猾了。要是這麼做，我不就什麼都無法回嘴嗎。

「我常常在想，如果她不閃開我，或許就不會死了。如果肇事者還活著，不論要怨要恨都沒問題吧，可是她死了，也就只能覺得是自己命大幸運活下來。對方的家屬蠻不講理地憎恨我，也不是不能理解的事。」

「不，這種想法常人是做不到的。」

覺得自己幸運就好，對肇事者心無怨恨，更別說接受對方毫無來由的恨意。正常人是做不到的。

眼前這個人在當時，是不是就無法保持正常了呢？

「由於之後也知道事故的原因是過勞引起的疲勞駕駛，因此我馬上就跟她的家屬和解了。至於她的家屬後來則向公司提告，而且出乎意料地很快就分出勝負，公司承認違反了員工的安全考量義務，並與之達成和解。」

穿過寒風刺骨的辦公街，來到新宿站的附近。周圍的餐飲店跟家電量販店掛上閃爍的聖誕節燈飾，使景色看起來華美亮麗，還能聽見人群熱鬧的喧囂聲。在這之中，來栖拐杖的聲音也尤爲清脆。

明明沒有催著他快點說，但來栖也沒有停下的意思。

「據說原本公司方還想以過勞死防止法中沒有事故死亡之規定等理由繼續打官司。然而有內部舉發指出公司有違反加班和職權騷擾的情況，這才促成公司選擇和解。」

「這意思是……」

千晴說到一半，察覺自己本來要說的話來栖應該會接下去，然而來栖什麼也沒說。在行人來來往往的人行道上，他略顯艱難地往前走去。千晴跨步向前走到他的旁邊與他並排，這麼一來錯身而過的人便自然會閃過兩人。

「我覺得進行內部舉發的人應該是戶松先生。」

「如果連負責他的CA未谷小姐都這麼說，那大概就是他吧！他當時似乎是安永眞奈美的男友。」

原來如此，一切的謎團都解開了。他爲何如此頑固，爲何無法原諒不講理的環境，這一切肯定都與安永眞奈美有關係。

雖然打從心底厭惡自己只能用這種廉價平庸的方式來表達……但他之所以這樣生活，一定都是爲了向當年自己的戀人贖罪。

「我認爲戶松先生如果再這樣下去，不論轉職多少次都會是一樣的結果。但如果是來栖先生的建言，或許戶松先生會聽進去吧！」

「我認爲恰恰相反。」

兩人停在紅燈前。只要走過這條路就是新宿站。由於搭乘的路線跟來栖不同，所以得在剪票口前道別。如果不快一點，說不定就不會再提起這個話題了。

「不論是我還活著這件事，還是我順利地到轉職仲介公司當CA，對他來說我的一切都令他很不爽吧。他怎麼可能聽得進厭惡的人對他高談闊論。」

魔王竟然舉白旗了。千晴閉緊嘴唇，瞪著眼前的行人專用號誌。轉爲綠燈後，來栖慢了周圍的人一步走了出去。千晴配合他的步調，緩緩地走過斑馬線。

「倘若連跳槽的魔王大人都束手無策，那就眞的沒有辦法了。」

「戶松卓郎的負責人是妳吧？」

「來栖先生是我的指導者，也是負責我的CA呀！」

來栖默不作聲。千晴領會到這陣沉默是他眞的無能爲力的表現。將求職者（有時還包含千晴和其他牧羊人職涯的員工）玩弄於股掌之間的這個男人，竟然一句話也說不出口。聽到「跳槽的魔王大人」這個被他嫌棄到不行的綽號，他居然也沒有任何表示。

「……對不起。」

將他逼到如此地步，千晴心中滿是罪惡感。回頭的來栖疑惑地問「爲什麼突然道歉」，然後看著千晴的臉聳了聳肩。

「等一下，為什麼妳的表情如此苦澀？」

苦澀？我現在感到了痛苦嗎？

「不就是聽到愛挖苦人的主管不幸的過去，然後看到他終於投降說『這件事我處理不來』而已嗎？」

來栖自嘲地笑了起來，不過千晴卻在想完全不同的事。

在他因車禍不良於行後，他是從安永眞奈美的律師那裡聽到對方的情況嗎？還是自己去查的？他是怎麼看待肇事者、公司還有那場官司的？他今天再次見到戶松，又是什麼心情呢？

「路上小心。」

來栖逕直走向地下鐵的入口。他用著比其他人稍微緩慢的步調，從人來人往的階梯邊緣走下去。千晴錯過機會回答「今天辛苦了」。

隔天，雖然向戶松發送了下一間公司的資訊，但不管過了幾天都還沒有回應。雖然也打了電話，但都只是進入語音信箱。在這過程中，牧羊人職涯也迎來新年假期。

「反正新年假期期間企業也不會有什麼動作，過完年後再繼續聯絡吧。」

雖然來栖這麼說，但沒有完成工作，也使今年最後一天班給人不愉快的焦躁感。

戸松卓郎

雖然獨自在外居住後已經過了好幾年，但無業迎接新年倒還是第一次。卓郎鑽進暖桌裡，剝著母親送來的橘子，呆望著電視上毫不間斷的新年特別節目。這幾年雖已經習慣一個人過新年，但現在這無業的狀態，感覺自己又更加墮落了一點。

放在桌上的手機傳來通知。是朋友捎來的新年問候嗎？但完全沒有興致拿起來看。卓郎從年底開始便持續無視牧羊人職涯的聯絡，連打開未谷寄來的多封信件都嫌麻煩。

沒想到來栖嵐居然在牧羊人職涯。上天竟有這般惡劣無比的惡作劇。

他回想起在眞奈美葬禮上碰見的來栖。來栖穿著一身彷彿吸收周圍所有光線的純黑色喪服，不熟練地撐著拐杖出現在殯儀館。卓郎聽到來場的某人說「那位是遭遇這次車禍的人」。

我知道。他是受害者，眞奈美才是加害者。現場所有人都知道。必須認清若被害者能像這樣來參加葬禮，那事故後的和解肯定會順利許多。

但那一天，卓郎怎麼樣都無法認同這點。

看到上完香後便轉身離開告別式的他，卓郎不禁追了上去。那一天的天氣相當糟糕，當入口的自動門開啟的瞬間，夾雜雨霧的冷風強勁地拍上臉頰。

「喂！」卓郎像是要撥開雨霧般大聲叫住來栖。

他仔細端詳了這個停下腳步的男人，外表看起來就像精明能幹這個概念穿上了衣服走到現實中。他的臉龐透露出他無論在工作還是私生活上都相當充實。在大企業工作，前途一片光明的年輕人卻被自己女兒害得身體留下後遺症，可想而知眞奈美的雙親會多麼苦惱。

「你竟敢撐著拐杖得意洋洋來炫耀你還活著。」

來栖的表情相當平靜。既沒有對害自己不便於行的肇事者感到憤怒，也沒有對眞奈美的死感到悲傷，只是露出毫無波瀾、沒有溫度的表情。而這猛烈地刺激了卓郎的情緒。

「你八成想著眞奈美死了活該。周遭的人說不定都會可憐你。但我可不一樣。」

如果那一天，那個地方，這傢伙沒有出現，眞奈美或許就不會死了。或許正是因爲眞奈美爲了閃開這傢伙而打了方向盤，眞奈美才會死。卓郎知道自己的想法多麼幼稚，但他也無法阻止自己。

「我知道我錯得離譜，但我還是要說，我會恨你一輩子。」

雨霧漸漸轉成雨滴。小小的水滴靜靜滑過他的臉頰，滑過卓郎的太陽穴。雖然彼此好一陣子都沒動作，但後來看見卓郎飛奔而出的同事也走了出來，將卓郎給叫回去。

卓郎並未道歉，也未低頭，逕自回到告別式上。禮廳滿溢著線香的味道，令胸口一陣鬱悶。眞奈美死去的事實，隨著線香的味道滲入自己的體內。

勉強自己撐起幾乎就要跪下的身體坐到與奠者席。祭壇上眞奈美的照片圍繞著一圈花飾。這張照片卓郎也沒看過，應該是大學時期拍攝的吧！眞奈美的表情僵硬，就像是爲了學生證而拍的照片。

兩人曾交往著。他們是公司同期的同事，在新進員工的研修中被分到同一組，隨後分發到同一個部門。在彼此談論公事、彼此抱怨工作的時光中，兩人最後交往了。

愛管閒事又態度隨和的母親很快就跟眞奈美打好關係，還被母親取笑說「你說不定很早就結婚了」，不過卓郎自己其實也覺得頗爲高興。

工作非常辛苦。進公司第三年，每個月的加班時數都超過一百小時，有時深夜才回到家，有時在淸晨就得去上班。公司也制定了嚴苛的業績目標，如果無法達成就會聽到主管怒罵員工的聲音。卽便如此，只要跟眞奈美一起抱怨、互相安慰，這些事情總能熬過去。眞奈美也笑著說過「沒有性騷擾已經是萬幸了」。

年輕時連這點都撐不過去，將來就沒指望了；如果這時候喊苦，那就算到其他公司也做不下去。在這期間卓郎漸漸停止思考，陷入以上這些不負責任又膚淺的想法中。

然而要是這愚昧的代價是那場眞奈美的車禍，那代價也未免太過巨大了。

「吶。」

在僧人誦經當中，卓郎向坐在旁邊的同事搭話。他一句話也沒說，只是歪著頭看向卓郎。

「你覺得是誰的錯？」

你覺得是誰害死眞奈美？是公司吧？吶，是公司對吧？你也很淸楚這件事吧？你心裡也這麼想的吧？「這些事晚點再說」同事拍拍卓郎的肩膀要他別再喃喃自語。

「我不會再默不吭聲了。」

自己也不知道這番宣示是要給誰看。給自己、給眞奈美、給公司——總之，我會再對不合情理的事情視若不見。我這麼發誓。

葬禮結束後，卓郎才從簽名簿上知道那傢伙的名字叫作「來栖嵐」。

自己似乎是鑽入暖桌後就直接睡著了。醒來後房間昏暗，只有電視還在播新年特別節目。卓郎用右手摸著桌面，將手機拿下來。時間是晚上七點。寄來了十封信件。

試著打開一封，裡面寫著未谷針對今後的求職活動所提出的各種方案。

積極、正面地看待自己過去的職涯經歷——讀到這句話，差點就要把手機砸到牆壁上。卓郎直接趴到用來當作枕頭的抱枕上嘶吼。啊——！啊——！啊——！三次都使盡全身力氣叫出聲來。

究竟該做什麼才能活下去，究竟該以什麼樣的姿態活下去。徬徨摸索的結果就是現在這副德性。自己也知道這樣下去不行。可知道歸知道，就是找不出除此之外的可能性。

我並不曉得，除此之外的生活方式。

未谷千晴

「哎呀千晴，新年快樂！」

剛走出新宿站西口便巧遇了洋子。她身上酒紅色的素色大衣，在剛結束新年假期的新宿人群中顯得特別華麗又引人注目。

「新年前三天也說過新年快樂了呀？」

「多說幾次又沒關係。」

洋子在初三拜訪千晴家，吃了母親所做的年節料理，兩人還結伴一起去新年參拜。雖然洋子笑咪咪地問「妳祈求了什麼呢？」，不過千晴只唬弄了過去。

「明明千晴在我們這邊開始工作是四月的事，可是一眨眼就過了個年呢！」

洋子在參拜時原本還興高采烈地喝著甜酒，可現在卻突然收起表情。

「妳決定好了嗎？」

穿過站前的街道，洋子一邊走向公司所在的西新宿，一邊用平靜的語氣來詢問千晴。雖然平靜，但話裡有種不由分說的強硬感。

「轉職仲介的工作，我覺得很有成就感。工作將近一年，我眞心認爲這個社會需要這份工作。」

新年的新宿街頭，空氣並沒有隨著新的一年來到而變得清新。去年殘存的味道還飄在街上。只是過了個年，人們的生活不會因此而重置。

因此，人必須藉由自己的手來改變自己。

「無論工作、生活、自己不好的地方、想改進的地方、想做得更圓滿的事情，全部都必須自己選擇，只能靠自己來改變，對吧？」

如果改變的機會是可以用眼睛看到的，那麼現在自己的眼前肯定會跳出分歧點讓自己選擇。

「所以我——」

還沒說完便驚叫一聲。才剛停在號誌前，就從背後傳來熟悉的拐杖聲音。

「兩位新年好。」

來栖向兩人祝賀新年，他的模樣跟去年最後一天上班時完全相同。

「哎，我明明還在跟外甥女聊我們的小秘密耶。真是不會看時機的男人。」

洋子強勢抗議，不過來栖只是事不關己地回答「那可真是抱歉了」便走到她的身旁。

「新年假期去哪了？」「箱根」「這旅行地點很近又很老成耶」「我不喜歡需要花費很多交通時間的旅行」兩人你一句我一句的，千晴只是乖乖在旁邊聽。下次再好好跟洋子說吧！

而且比起洋子，更應該先告訴來栖，畢竟他現在還是負責自己的CA。

到達辦公室後已經有很多員工來公司了。隨著彼此間「新年快樂」、「今年也請多多指教」的應答，大家也開始發新年假期去旅行的伴手禮。

雖說今天就要開始工作，不過任何一位CA都沒有安排面談，頂多就是向求職者與招聘的企業打聲新年的招呼兼當作業務聯絡罷了。

千晴咬了一口廣澤去台灣旅行時買回來的鳳梨酥，開始用電腦確認郵件。她發現年底自己寄給對方那麼多封信的戶松終於回覆了。或許是經過新年假期，稍微有些動力想繼續求職了吧！

當她將最後一口鳳梨酥吃掉，正打開據說是來栖買來的溫泉饅頭時，她看到了一行字。

戶松寄來的信中寫道「請容我退會」。溫泉饅頭連同包裝從千晴的手上滑落。信件日期是一月一日的晚上七點過後。

「來栖先生！」

千晴無視來栖還在跟業務談話，大聲叫住他。

「戶松先生在信裡說他要退掉我們牧羊人職涯的會員……」

本來想說出口的話卻因震驚而不知消散到何處。來栖的表情沒有變化，既不感到驚訝，也不感到氣憤。

他只眨了一次眼睛。在那一瞬間，他的眼皮就像要把自己關進黑暗之中，只是緩緩地眨動。

「這樣啊……」

如同往常平靜的說話方式。他繼續與業務說了兩三句話，便從位子上站起來若無其事地直接走過千晴身旁。本以為他只是到茶水間泡咖啡，但泡完後他卻走出辦公室。

「來栖先生，請問……」

他站在無人的面談區最角落的一個位置。剛泡好的咖啡放在桌上，而他本人則站在窗邊往下看著路上的行人。

「來栖先生，你很痛心嗎？」

面談區並沒有開燈。他佇立在那的背影染上了灰暗的藍色。千晴走近他的身旁，推敲著該說些什麼。腦中始終無法忘記剛才來栖眨眼的那一刻。

「你感到很難過嗎？」

難過？他現在真的感到難過嗎？

「不論如何只要求職者申請退會，我們也無法阻止對方。我們能做的只是祈禱他能透過別的轉職仲介或自行努力求職來遇上好公司。」

來栖並沒有回答千晴的疑問。他沒有說他難過，或說他不難過。只是聽到他口中所說「祈禱」這個詞，千晴終於懂了。相遇至今將近一年，千晴終於理解這個人一切的行為是為了什麼。為什麼自己直到如今才發現呢？就連自己也被跳槽的魔王大人這個名號被蒙蔽了。

這位魔王大人，其實非常、非常地慈悲為懷呀！他總是祈禱著來到自己身邊的迷惘羔羊能夠把握改變自己的機會，祈禱著他們能前往比現在更幸福的地方。也因此，那些不思考的人、將選擇的權利交給他人的人、不為自己將來著想的人，他才會感到如此憤慨。

「與其擔心我或求職者，何不想想妳自己的未來？未谷小姐的試用期剩不到三個月了不是？」

他巧妙地轉移話題。因為是事實，更令人沒來由地感到惱火。

「我認為當求職者辛苦掙扎時還在擔心自己的人，沒有資格稱為CA。」

千晴盡自己全力頂撞來栖，可來栖沒有反應。他只是遠望著大樓底下來來往往的行人。千晴站在他背後瞪住他好一段時間，最後才放棄而回到辦公室。她確認下午的行程，既沒有面談的預約，剩下的工作也差不多只有寄信給求職者或企業祝賀新年、打聲招呼而已。

「未谷，妳要去哪裡？」

廣澤詢問拎上包包與大衣的千晴。

「去面談。」

千晴只拋下這句話便走出辦公室。「才剛過年就面談？」背後傳來廣澤疑惑的聲音。

「來栖先生！」

在踏出門口前，千晴向著站在面談區的來栖喊叫。

「我要去戶松先生的家看看。」

剛剛都還毫無反應的他猛然回頭。睜大眼睛的那張臉，是魔王大人少見的驚訝表情。

在他說些什麼前千晴就飛奔出公司的入口。但由於電梯都停在其他樓層，所以她推開逃生梯的門，跑下無人的樓梯。

離開大樓後依照手機上的搭車指示尋找離戶松家最近的車站。然而部分車站間因人身事故而暫停行駛，要轉搭其他車次必須繞遠路。

那乾脆搭計程車吧！千晴奮力跑到大馬路上。

她發現一輛從新宿站方向開過來的計程車，正準備用力揮動右手。

「站住！」

那宛如氣球破裂的聲音令千晴停下動作。計程車也順勢來到千晴面前，並打開後方座位的門。慢慢回頭，便看見拄著拐杖的來栖走向這裡。她急忙想坐進車內，卻再次被怒吼一聲「給我站住！」。

「我可沒辦法跑啊！」

被這麼一說，千晴也只能停下來了。單調的拐杖聲音靠近。不知道是不是錯覺，那個聲音似乎比平常更粗野，並漸漸與來栖喘氣的聲音疊在一起。

「才剛剛過年啊，妳到底在想些什麼？」

看到肩膀隨著氣息上下擺動的來栖，千晴差點要開口向他道歉。然而他只是用拐杖前端指著計程車裡面。

「坐上去。」

千晴被拐杖趕進車內。坐到千晴旁邊的來栖向司機指示「請先前往板橋區」，計程車也應聲往前行駛。

「你要去戶松先生的家嗎？」

「不是妳說要去的嗎？詳細住址我沒記，接下來就交給妳了。說到底，追到求職者家中怎麼想都太過頭了。」

來栖把臉頰撐在窗邊，口氣煩躁地責備千晴。明明自己說「交給妳了」，但看起來似乎還有很多想說教的事。

「這份工作來者不拒、去者不追。對表示想退會的求職者苦苦相逼、試圖挽留，這是怎麼樣都不該做的事。站在保護個人資料的角度上，說再多漂亮話妳的行爲都不妥當。無論戶松卓郎有沒有客訴妳，妳都得寫檢討書。」

他的指責從頭到尾都是對的。我也知道自己的行爲已經跨過紅線了。

「來栖先生說得沒錯，但如果對方只是一般的求職者我也不會這麼做。來栖先生，你是不是認爲戶松先生會變成那樣有一部分原因在自己身上？所以才會感到那麼難過不是嗎？」

戶松會想要退掉牧羊人職涯的會員，不管怎麼想都一定是因爲見到來栖一面。

「而且我覺得對轉職仲介們來說，委託徵才的企業是財產，尋求諮詢的求職者也是財產。我不想要眼睜睜地看著貴重的財產就此失去，更重要的是我也認爲戶松先生是貴重的人才。畢竟，他做到了我無法做到的事。」

覺得奇怪就大聲說很奇怪並付諸行動，戶松的這種特質一定會在某處受人青睞。這是無法客觀看待奇怪的環境，並聽從他人意願而工作直至崩潰的未谷千晴身上所沒有的能力。

「來栖先生不是我的CA嗎？如果我沒有好好履行CA的職責，那麼來栖先生不也會感到難過嗎？所以我現在要去做我認爲好的CA一定會做的事。」

千晴也很明白自己說的話支離破碎、邏輯混亂。雖然來栖露出詫異的表情，不過千晴還是哼了一聲自顧自地拿出戶松的履歷，並告訴司機上面所寫的住址。

突然車內陷入寧靜。剛才還在與來栖爭執的場面感覺就像是一場幻境。燈號轉綠後，計程車再次往前開。隨著車子的加速，身體稍微陷入座椅中，感覺像是身體變輕一樣。

「來栖先生，你爲什麼離開之前的公司呢？」

眞是不可思議。長久以來問不出的疑問，這時卻滑順地脫口而出。

「爲什麼突然這麼問？」

「才不突然，我從很久之前就想這麼問了。」

是從什麼時候開始想問的呢？是劍崎現身於牧羊人職涯時嗎？好像是這樣，卻又覺得是更早之前。

「劍崎莉子到底跟妳說了多少事。」

來栖深深嘆了一口氣。本以爲他會裝傻過去，但這次卻意外地老實。

「那是一份很有成就感的工作。投資南美的礦業，投資非洲的可再生能源，企圖爲公司也爲當地帶來龐大的利益。當時我心裡有著遠大的抱負和野心，生活全都是爲了實現這一目標。在公司內升遷成了我唯一的生活價值，我也有種自己正在用雙手推動世界的感覺。」

雖然沒見過當年的來栖，卻能清晰地想像他的身姿；在日本大城市裡絕對吹不到的清爽涼風中瀟灑行走於藍天與玻璃大樓下的背影。

而且並沒有拄著拐杖。

「腳不方便後，公司就把我當成派不上用場的員工了。他們將我從曾經那麼重視的工作裡抽調出來，派往其他的部門。」

來栖原本靠在窗邊的手，不知何時放到左腳上。手指咚咚地輕敲著膝蓋。

「一開始我還想努力證明自己卽使成了這副模樣仍可以爲公司做出貢獻，死命地尋求別人的認同、尋求別人的評價。然而某天，我突然覺得這一切多麼空虛。」

——出乎意料地，一個人所能辦到的事、一個人所能完成的工作都不過只有微不足道的影響。任何人都是可以被取代的。

以前他曾這麼說過。

卽使如此，人還是會工作。

「我也想過那乾脆就憎恨安永眞奈美，彌補心中的怨氣吧！可是再怎麼恨，都總會想到她也曾經跟我一樣拚命工作，盡力活過人生。不久我就發現，爲了那些只因爲腳受傷就消失不見、虛無飄渺的事情而努力工作實在太不値得了，所以開始考慮一無所有的自己今後該怎麼走下去。無法完成自己想做的事，只能緊緊攀附著大企業，而且還被周遭當成累贅，這樣的生活我實在無法忍受下去，便註冊了牧羊人職涯。最後在面談的過程中，被妳阿姨挖角過來。」

「洋子阿姨她……社長她跟你說了什麼才讓你決心要跳槽的？」

「『能夠引導迷途羔羊的，只有曾經是迷途羔羊的人』……她這麼說。」

講完這句話，他輕輕笑了一下。來栖背靠著椅子，對著從擋風玻璃射進來的刺眼陽光皺起眉頭。他的頭髮在一月的陽光下閃耀著白色光輝。

「如果還有其他人對自己一路走來的經歷感到迷茫，無法從中找出意義；如果有人無法勾勒出將來的自己會是什麼樣子，那我想我或許能幫上他們的忙。」

「你喜歡現在的工作嗎？」

「弄傷腳是我運氣不好，夢想破滅也的確是事實，可是這些再怎麼努力都已經無法挽回，現在光是活著就已經很幸運了。」

來栖握緊放在一旁的拐杖握柄。

「從規劃好的人生道路上偏離也就偏離了吧！我覺得現在的生活也不錯。我想所謂的轉職就是這樣子吧！」

他輕吐一口氣，表情柔和許多。他還是用他那冷淡的眼神看著千晴。會覺得視線比平常還要溫柔，恐怕是窗外和煦的陽光造成的。

「所以，我不會要妳抱有多高的奢求，但至少要有所期待。」

他沒有明言要期待什麼。在千晴回話前，他便確認外面的景色與汽車導航，搶先說句「差不多到了」結束話題。

自己作爲求職者與他面談時所說的「我也不奢求什麼」這句話，他還一直記到現在。

還不到幾分鐘時間，計程車停到了某間老舊公寓的前面。如果戶松不在，而且今天不會回來的話該怎麼辦？千晴付完車資後，便發現這份擔憂是多餘的。

先下車的來栖凝視著小巷子的前方。戶松正提著便利商店塑膠袋，低頭走了過來。這或許也是魔王所招引來的好運吧！

戶松察覺到兩人的到來，停下腳步目瞪口呆地看著這裡。他接著怒氣沖沖地哼了一聲，才以為他要快步衝上前來，沒想到卻轉了個身躲過千晴二人準備進入公寓內。

千晴代替一言不發的來栖大聲呼喊。

「戶松先生，求職的事您要怎麼辦呢？」

停下來的戶松頭也不回地應答「我暫時沒有心情處理」。

「既然如此晚一陣子也好，是不是可以請您……」

「比起我，妳更應該去協助其他求職者吧！」

戶松撂下這句話並從褲子的口袋中翻出鑰匙，示意兩人到此為止，再沒什麼話好談的。一樓最前面的似乎就是他的房間。

「你似乎跟未谷說過，公司想要的只是服從的社畜是吧！」

始終保持沉默的來栖終於開了口。但從他旁邊看過去的表情仍一如往常，是那狠踩求職者痛處，令對方困惑、憤怒、受傷的魔王大人。

「你大概覺得自己不會變成社畜，也不願變成社畜，可是要我來說，戶松先生跟社畜沒什麼兩樣。」

正將鑰匙插進鑰匙孔的戶松頓時停下所有動作。凶狠的視線投射而來。來栖像是挑釁般再說了一次「真的沒什麼兩樣」。

「我認爲所謂的社畜，是指接受蠻不講理的工作環境，像一隻家畜般死命工作，於此同時也放棄思考自己未來的人。就算你犧牲自己改善公司環境，你也不會擁有光明的前途。你明知道都是自己吃虧卻還固執己見，這跟放棄思考的社畜有什麼區別。」

「閉嘴！」

鑰匙從戶松手中掉落。從雨水槽及屋頂的縫隙穿進來的陽光，照亮掉到水泥地板上發出冰冷響聲的鑰匙。

「你懂什麼了！」

戶松抿著嘴唇，就像對自己口中說出的台詞感到厭煩。

「對工作沒什麼期待是你的自由。但你連對自己的未來也不抱任何希望不是嗎？我們不會對這樣的人棄之不顧。」

來栖自己品味著「我們」這個詞的深意，不禁輕笑起來。

「你說會恨我一輩子，但我不恨安永小姐。發生車禍的瞬間，我跟駕駛席上的安永小姐對上眼了。那個人直到最後都還試圖避免車禍發生。沒有任何人比我更了解這點。」

戶松正要開口，不過來栖搶先他一步，用一副事不關己的表情繼續說道。

「腳變成這樣的確是我運氣不好，但我沒有死，而且轉職後還能像這樣挺開心地繼續工作。所以，雖然我自己也很意外，但我不恨她。」

繼續工作。不恨她。來栖說的每字每句，都使戶松將半張的嘴閉起來。到了最後，他死心般地閉緊嘴唇。戶松將雙手插進褪色的羽絨大衣口袋中，深深地低下頭，然後吸了一次鼻涕。

「……原來你不恨她。」

「是的，甚至我時常會想，如果是我死了，安永小姐是不是就不會往生了。如果那一天我再晚一分鐘出門的話，是不是即使發生車禍也不會有人死掉。我想起來出門前我還看過天氣預報、想起來是因爲綠燈閃爍我才跑過斑馬線——每次走過路口時我都會這麼想，是不是只要我只要做出一個不同的行動，就能迴避安永小姐的死亡。所以，我認爲你恨我並沒有錯。」

魔王的眼神非常平靜、沉著。死死盯著來栖的戶松快速眨了三次眼睛。

「這樣啊……原來是這樣。」

對不起了——聽到戶松嘶啞的聲音，來栖的臉頰抽動了一下。千晴沒有看漏。就在此時他的目光驟變，像是一頭注視著獵物，並看準時機現出眞身的猛獸。

「你現在心中對我感到虧欠嗎？」

來栖拄著拐杖，一步一步走近戶松。戶松呆若木雞地看著他。

「你是不是因爲在安永小姐的葬禮上對我說了很過分的話，所以現在心中充滿罪惡感？」

來栖接二連三不斷拋出問題，不給戶松任何喘息的機會。

「如果是這樣，那麼下次還請盡量到一間可以待久一點的公司。我們牧羊人職涯將會全力協助你。」

雖然從戶松公寓所在的巷子走出來到大馬路旁，但還是攔不到什麼計程車。

「都是因爲未谷小姐突然奪門而出，我連大衣跟錢包都沒帶呢！」

被一月的寒風吹得發抖的來栖開始抱怨起來。握住拐杖的右手手指都凍到發紅了。千晴拿出原本就放在包包裡的圍巾，可是卻被「我不需要」一句話果斷拒絕。

「不知道戶松先生還會不會聯絡我們。」

結果戶松沒有回應來栖就進入自己的房間了，兩人無法再進一步追上去。

「誰知道呢，要是都做到這個地步了他還想退會，那我也不想理他了。」

「你剛剛不才說『我們不會對這樣的人棄之不顧』……。」

「這樣已經很照顧他了吧。」

計程車駛近。雖然用力舉起右手，可惜那輛目前不提供載客服務。

「就算是要勸戶松先生，但『如果對我感到虧欠，那就給我到可以待很久的公司去任職』這種說法是可行的嗎？」

「我在計程車裡想了很多，這已經是我絞盡腦汁想出來的王牌了。」

所以才先用「你跟社畜沒什麼兩樣」來激怒戶松，逼他跟自己對話。感覺來栖的確能辦到這種事，也覺得正是這個人的慈悲爲懷才招來了好運。

又一輛計程車駛來，這次是空車。像是被來栖的左手吸引過來般，計程車停到路肩。

正是這個時候。

隨著一陣急促的腳步聲，背後傳來戶松「等一下！」的呼喊。

「我知道了。」

跑到千晴二人面前的戶松，先看了來栖，又看了千晴一眼，然後再點頭說一次「我知道了」。

「我的下一份工作，就交給你們了。」

戶松原本僵硬的表情，稍微放鬆了一點——可是來栖沒放過他。

「交給我們也沒用，一切只能靠戶松先生自己選擇，靠自己的力量獲得公司的內定。」

面對毫不客氣的來栖，戶松一句話也回不出來。千晴強忍著想要嘆氣的衝動，擠開來栖站到前面。

「這個人雖然這麼說，但我是一定會全力幫助您的，讓我們一起加油吧！一定有公司會需要戶松先生的能力。」

戶松躊躇了片刻，試探性地交互看著千晴跟來栖的臉。聽到計程車司機「請問是兩位還是三位要搭？」暗示要他們快一點的催促，戶松才回過神來。

「那我就不退會了。」

還請多多指教。戶松深深一鞠躬，接著表情彆扭地說了句「再見」便從巷子轉身離開。戶松的步伐有些游移，從他的背影似乎可以聽到「真是尷尬」的抱怨聲。

「一切都如來栖先生所料呢！」

兩人坐上計程車，千晴便首先挖苦他一句。跟來的時候不同，這次來栖坐在上座，千晴坐在下座。

「妳說什麼呢！這次猜中的不正是未谷小姐嗎？」

來栖告訴司機公司的地址，然後指向千晴

「未谷小姐覺得戶松卓郎會聽進我的話，而我則認爲他不可能聽我說話，早早就放棄了。能挽回戶松卓郎全都是妳的功勞。」

「這……其實我從一開始就想靠自己說服戶松先生，只是就結果來說成功引出了來栖先生而已。」

「這麼說起來，我算是追著逃跑的羊隻來到野外，然後莫名其妙被迫與狼戰鬥囉。」

「把求職者看成狼，然後把我當成羊是嗎。我是養來取羊毛的家畜嗎？」

本來只是想開個玩笑，但來栖突然陷入深思。他用低沉卻又清晰的聲音回答「這倒也是」。

「妳在這一年之間，都算是來到牧羊人職涯的迷途羔羊吧。」

來栖的表情瞬間從指導者變成了負責千晴的CA，千晴下意識地坐正。不知道是不是馬路上有高低差，計程車上下晃動了一下。

「我想在牧羊人職涯工作。」

這是今天早上原本想跟洋子說的事，幸好那時候沒說出口。我決定好前進的道路了。下定決心要這樣活下去了。這件事果然應該要先告訴負責自己的CA。

「我一直以爲工作就是得忍耐，也曾經覺得轉職說穿了不過就是挽回失敗的後路。因爲進入不對的公司，所以才透過轉職修正自己的錯誤。以爲這會讓自己落後於周遭的人。」

大家都做得到的事自己卻做不到的人。落後的人。所謂跳槽轉職，簡單講就是給這些人的出路。自己曾暗自在心底這麼認爲。

「這一年來，我也開始覺得工作是很棒的事，也終於知道轉職是爲了讓自己更幸福的一個跳板。」

來棲什麼也沒說，只是雙臂交叉，閉上眼睛。看起來像是在打瞌睡，但千晴自顧自地說下去。

「不是因爲想被誰需要才工作，而是因爲喜歡這份工作才繼續做下去。若只有曾經是迷途羔羊的人才能夠引導迷途羔羊，那我想應該也有我才能辦到的事。」

——這就是我的眞心話。

千晴用力點頭，將想說的話一股腦地說完。首先是戶松。爲了不讓他感到後悔，覺得再次選擇牧羊人職涯是錯誤決定，回去後就立刻請各個業務挑出適合他的企業吧。也詢問其他的CA，看看過去有沒有類似的求職者案例可供參考。

「是喔。」

時間過了許久，來棲才終於抬頭。雖然眼睛還閉著，但表情柔和平穩，就像徜徉在令人心情舒暢的音樂中。

「那妳就盡量加油吧！」

終幕

「你要不要跳槽到我們公司？」

面談即將結束時，那位職涯顧問(CA)突然這麼說。

「您忽然說這是什麼意思？」

他以爲是玩笑話，可是她雖然嘴巴在笑，眼神卻是認眞的。面談剛開始的時候拿到的名片，來栖再仔細端詳了一番。落合洋子，職銜是CA，同時也是轉職仲介公司「牧羊人職涯」的社長。才覺得她的說話方式特別爽朗，沒想到她從一開始就打這個主意。

「我看了來栖先生的經歷，覺得相當適合來當我們轉職仲介。我們目前也對人手不足的情況感到很困擾的。」

怎麼可能。我是爲了做轉職的諮詢才來到這的，絲毫沒想過要在這裡工作。

「你原本任職於貿易公司，可是因爲遭逢事故沒辦法繼續做自己想要的工作對吧？然後目前正在思考人生，想想自己今後要怎麼繼續生活下去。轉職仲介這份工作會面對各種業界的人與企業商，很適合一邊工作一邊探尋自己的可能性。」

「用這種像是哄實習學生決定出路的理由來錄取員工好嗎？」

「我們可是轉職仲介喔？是迷途羔羊聚集的地方。你不覺得能夠引導迷途羔羊的，只有曾經是迷途羔羊的人才做得到嗎？」

羊──他想起這間公司的名字是牧羊人職涯，點頭說道「原來如此」。雖然是點頭了，但心中沒有零件正好咬合的那種感覺。簡單來說，成爲轉職仲介這件事，完全沒打動來栖的內心。

「CA說起來就是牧羊人呢！你知道嗎？牧羊人是世界上最古老的職業之一。他們手上不都拿著一根有著彎鉤的手杖嗎？那個叫作牧羊杖，也常用來象徵幫助有困難的人們。」

洋子眼睛看向靠在桌邊的拐杖，來栖忍不住乾笑起來。

「您還眞看得起今天才第一次見面的人。」

「再怎麼說我也在人才仲介業打滾好多年了，我對看人的眼光還是挺有自信的。我覺得你會成爲很好的CA，成爲一名嚴格但會認眞關照求職者的CA。」

洋子微微一笑，拍拍來栖的肩膀說「還請你認眞考慮看看」。她對其他求職者也是像這樣裝熟嗎？

「如果你等一下沒有預定行程，我很想跟你一起吃午餐，仔細談談我們公司的工作呢！」

她不僅親自將來栖送到電梯前的走廊，甚至連這種話都說出來了。來栖心想饒了我吧。

「等一下我外甥女要來這裡。她好像撿到一隻貓，正在尋找可以領養的人。因爲我是單身，所以覺得養隻貓好像也不錯。」

洋子用手機將貓的照片秀給來栖看，雀躍地說著等一下就是第一次見面了。那隻貓有著全白的毛色，色彩頗淡的眼睛，在照片中一副鬧脾氣的臉。來栖感覺今天的自己也跟這隻貓有著一樣的表情。

搭電梯下到一樓並離開大樓後，感覺氣溫比前來牧羊人職涯時還要高一些。今天的氣溫據說將近三十度。陽光直接或透過大樓的玻璃反射，照在街道來往的人們頭上。

東京——或者說街道，完全是爲了健康的人所打造的。來栖走在人來人往的人行道上深刻感受到這一點。遭遇車禍前完全沒注意到這件事。人行道狹窄得難以拄著拐杖走路，而且凹凸不平，就算只是要搭趟電車也要不斷上下樓梯。更重要的是，每個行人都走得很快，有的人很匆忙，有的人很疲憊，對他們來說拄拐杖的人不過是個阻礙。

走過身旁的人包包撞到拐杖，令來栖差點失去平衡。迎面而來的一群年輕人則撞到自己的肩膀。我在發生車禍前或許也像這樣下意識地、無惡意地做出同樣的事。

到達新宿站時已經滿頭是汗。當來栖喘了一口氣，正要走下地下鐵的樓梯時，某個小跑步追過自己的男性以肩膀撞到了自己的肩膀。很清楚聽到他不耐煩地嘖了一聲。那是個體格相當高大的男人，使來栖背後有種像是被用力推了一把的沉重撞擊感。

他本想抓住扶手，可惜左手沒抓到，導致右腳跟拐杖踩空。身體發出三次沉悶的聲音後，從樓梯上摔了下去。雖然聽到周圍有人尖叫，然而撞倒自己的男人卻裝沒事般急忙跑下樓梯逃走。

來栖在樓梯中間的平台抬起頭，發現其實只摔了幾階而已。身體各部位之所以會這麼痛，大概是因爲左腳不便害自己沒辦法採取保護身體的姿勢吧。

他撫摸用力撞到地板的肩膀，然後嘆了一口氣。想到接下來的人生必須要跟這副身體作伴，來栖也不禁苦惱起來，嘆口氣後甚至差點要笑出聲了。

「您沒事吧？」

有個年輕女性從樓梯下面跑上來，蹲在來栖的身邊。明明是夏天卻穿著全黑色的求職套裝，完全就是一副正在進行就職活動的大學生裝扮。這個女生戴著黑框眼鏡，個性看起來相當認眞。

不過她除了黑色的包包外，還抱著一個米色的外出籠。透過網狀的蓋子可以看到裡面有隻全身白色卻擺出一副臭臉的貓。

「請。」

她撿起滾落在平台上的拐杖交給來栖。來栖還沒能說出道謝就收下了。「您站得起來嗎？」「要不要叫站務員過來呢？」「還是該叫救護車呢？」她接二連三地詢問，來栖不知多少次回答「不用了」。最後還得搭著她的肩膀才能站起來。

「謝謝妳。」

好不容易找到機會道謝，她卻深深鞠躬並說「不會，沒有受傷眞是太好了」，彷彿得到幫助的人是她一樣。她走上樓梯，而籠子裡的白貓則始終都是那副臭臉。

該不會她就是那個人的外甥女吧？天底下有這麼巧的事？來栖輕笑起來，再次走下樓梯。不可思議的是，身體似乎也不再那麼痛了。

如果在進行就職活動，那應該是大學四年級吧！她是否從期望的公司拿到內定了呢？明年的四月，她就能成爲社會新鮮人了。

這或許不過是自我滿足，但來栖還是祈禱她出社會後能迎來令人滿意的生活，希望這能彌補自己沒有好好道謝的那部分。

明明沒打算小睡一會兒，卻感覺做了一個令人懷念的夢。

坐在面談區的椅子上從窗戶往下看，底下的街道雖然缺乏季節感，然而春天的氣息卻早已滿溢於大街小巷。與一個月前相比，人們的服裝輕便許多；原本多是黑色或灰色的大衣，如今也替換成春色的洋裝。更令人感到舒適的，是和煦的陽光。

才剛感覺背後有東西靠近，就看到一團白色跳到腿上。珍珠用喉嚨發出呼嚕聲，並蜷縮到來栖的膝蓋上。

「你不可以來這裡吧！」

平常總是乖乖待在辦公室裡給員工們摸摸抱抱，可是當來栖趁面談區無人來此偷懶時，珍珠總會一起跑過來。

「撿到你的人從今天開始就是正式員工了，再多親近她一些不也挺好的。她現在正幹勁十足地說要考取職涯諮詢證照呢！」

也不知道牠到底聽不聽得懂，總之珍珠沒什麼反應。牠把頭蜷縮進肚子裡，看起來就像是一大團雪球。來栖覺得自己就像抱著一個熱水袋。

大樓前面的路上有個穿著全黑西裝的青年快步走過，在他前方是個擺著前輩架子的年輕上班族。啊啊，原來已經四月一日了。往新公司踏出第一步的人們，現在都正努力地、忙碌地四處奔走著。

當還沉浸在這傷感的氣氛中，背後又傳來了某人的腳步聲。不用回頭也知道是誰。

「來栖先生，你又跑到這裡偷懶了。」

千晴脖子上掛著員工證，上面寫著「職涯顧問」。「見習」兩個字已經拿掉了。

「就算現在沒有人預約要面談，也不該抱著貓像個貴族在這裡愜意地休息吧！」

「多虧有個勤奮的部下，現在我才能這麼閒啊！」

「明明你負責的求職者人數是最多的，而且有時候還會搶人家業務的工作，橫山先生等人不都對你敬而遠之？」

「妳這不是很了解主管的生態嗎？」

來栖將蜷縮成一團的珍珠抱起來，牠便像麻糬一樣伸了個長長的懶腰。初次見面時明明板著一張臉，現在卻像變了一隻貓似的。

「戶松先生取得內定了。」

千晴拚命壓抑著喜悅之情低聲說道。「剛剛企業那邊的人事部打電話來通知了」她報告這件事的模樣，令人感覺她的頭頂像是迸出了一個個音符。

「是嗎，眞是太好了！」

戶松今後應該會過上比之前好一些的生活吧。還是說又會發生一樣的情況呢。

如果眞的再次跳槽，那麼來牧羊人職涯就好。想要重新思考幾次都行，想要挑戰幾次都沒問題，轉職仲介正是爲了改變人生而存在的職業。

「那麼妳快點聯絡他吧！畢竟奮戰了這麼久，對方想必也會很高興。」

來栖將珍珠放到肩上並站起來，千晴則滿臉笑容地點頭回答「我等一下就打電話」。明明還是中午前，她卻一副剛下班的臉並伸了個懶腰，就像剛剛的珍珠一樣。

「感覺今天的啤酒喝起來一定很棒。」

「要是這樣就太好了。」

辦公室那邊傳來洋子呼叫自己的聲音，有預感她又要搞些麻煩的事，畢竟怎麼說今天都是四月一日，是新年度的開始。不論發生什麼，不論被捲入什麼事，今天都沒辦法抱怨。

「今天去喝一杯吧。」

「今天嗎？」

「因爲我感覺妳阿姨會把一些不喝點酒就幹不下去的工作全部推給我。」

來栖不是在開玩笑，不過千晴卻呵呵笑了起來。

「那麼店家就由我決定，我可不想新年度第一天就被帶去不好吃的店。」

她現在還開始會講一些沒大沒小的話了。辦公室這次傳來廣澤呼叫千晴「未谷！電話！」的聲音。千晴摸摸珍珠的頭，小跑步回到辦公室去。

沒辦法跑的來栖，用一隻手拄著拐杖慢慢地跟了過去。

額賀　澪（ぬかが　みお）

1990年生於茨城縣。日本大學藝術學院畢業。2015年以小說作品「ウインドノーツ」（發行時書名改為『屋上のウインドノーツ』）獲得第22屆松本清張獎，同年以『ヒトリコ』獲得第16屆小學館文庫小說獎。著有『止住沖晴君的淚』（春天出版）、『風に恋う』（文春文庫）、『できない男』（集英社）、『タスキメシ 箱根』（小學館）、『タスキメシ』（小學館文庫）等作品。

本書是新寫的作品。

跳槽的魔王大人

作　者	額賀 澪
翻　譯	林農凱
發　行	陳偉祥
出　版	北星圖書事業股份有限公司
地　址	234 新北市永和區中正路462號B1
電　話	02-2922-9000
傳　真	02-2922-9041
網　址	www.nsbooks.com.tw
E-MAIL	nsbook@nsbooks.com.tw
劃撥帳戶	北星文化事業有限公司
劃撥帳號	50042987
製版印刷	皇甫彩藝印刷股份有限公司
出版日	2024年09月

【印刷版】

ISBN　978-626-7409-81-7

定　價　新台幣 299 元

【電子書】

ISBN　978-626-7409-80-0(EPUB)

TENSHOKU NO MAOSAMA

Cover Illustration by Mari OKAZAKI
Design by Yasuhisa KAWATANI(kawatani design)
First original Japanese edition published by PHP Institute,Inc.,Japan
Traditional Chinese translation rights arranged with PHP Institute,Inc.
through Keio Cultural Enterprise Co.,Ltd.

Printed in Taiwan

國家圖書館出版品預行編目(CIP)資料

跳槽的魔王大人 = The expert of changing jobs / 額賀 澪 作；林農凱翻譯. -- 新北市：北星圖書事業股份有限公司, 2024.09
252面；12.8x18.8公分
ISBN 978-626-7409-81-7(平裝)
861.57　　113009285

| 臉書官網 |

| 北星官網 |

| LINE |

| 蝦皮商城 |